文春文庫

ネヴァー・ゲーム

下

ジェフリー・ディーヴァー
池田真紀子訳

文藝春秋

目次

主な登場人物

コルター・ショウ……本編の主人公
ラドンナ・スタンディッシュ……重大犯罪合同対策チーム（ＪＭＣＴＦ）刑事
ダン・ワイリー……同右
ロナルド・カミングス……同　上級管理官
ソフィー（フィー）・マリナー……失踪した大学生
フランク・マリナー……ソフィーの父　コルターの依頼人
ルカ……マリナー家の犬　プードル
カイル・バトラー……ソフィーの元ボーイフレンド
ヘンリー・トンプソン……ＬＧＢＴ人権活動家　ブロガー
ブライアン・バード……ヘンリーのパートナー
エリザベス・チャベル……誘拐された女性
マーティ・エイヴォン……デスティニー・エンタテインメント社ＣＥＯ
トニー・ナイト……ナイト・タイム社　創業者
ジミー・フォイル……同右
ホン・ウェイ……ホンソン・エンタープライゼズ（ＨＳＥ）社ＣＥＯ

マディー・プール（GrindrGirl12）……プロゲーマー
ブラッド・ヘンドリクス……ゲーマーの学生
ティファニー・モンロー……クイック・バイト・カフェ店主
マッジ・モンロー……ティファニーの娘　同店のウェイトレス
カレン・スタンディッシュ……ラドンナ・スタンディッシュのパートナー
ジェム……ラドンナとカレンの娘
マック……コルターの協力者　私立探偵
テディ・ブルーイン……コルターの隣人　元軍人
ヴェルマ・ブルーイン……同右　テディの妻
アシュトン・ショウ……コルターの父　元大学教授
メアリー・ダヴ・ショウ……コルターの母　医学者
ラッセル・ショウ……コルターの兄
ドリオン……コルターの妹
ユージーン・ヤング……アシュトンの友人　大学教授
ブラクストン……アシュトンの死に関わる謎の人物

ネヴァー・ゲーム　下

レベル2　暗い森

六月八日　土曜日（前日）（承前）

39

「あなたのファーストネームだけど」スタンディッシュがショウに言った。スタンディッシュのおんぼろアルティマはシリコンヴァレーの街中を走っている。車のうしろのどこかで何かががたごと音を立てていた。「そんな名前の人、初めて会った」

「うちは三人きょうだいで」ショウは言った。「父は開拓時代のアメリカ西部を研究していた。私は探検家のジョン・コルターにちなんで名づけられたんです。ルイス・クラーク探検隊の一員だった探検家。妹のドリオンは、北アメリカ大陸最古の女性探検家の一人、マリー・アイオエ・ドリオンから。ドリオンと二人の子供は、酷寒の時期に友好的ではない部族の土地で二カ月間のサバイバルを耐え抜いた――妹ではなく、マリー・アイオエがね。兄のラッセルは、オレゴン州の探検家オズボーン・ラッセルから」

「ほかの二人も懸賞金ハンター？」

「いや、違います」

とはいえ、カエルの子はカエルだ。少なくともドリオンについてはそうで、ドリオンは防災専門コンサルティング会社に勤務している。ラッセルについてももしかしたら当てはまるのかもしれない。だが、家族の誰もラッセルの居場所を把握しておらず、いま何をしているのか知らない。ショウは何年も前から兄の行方を探し続けている。見つけたいと思う一方で、見つかったときのことを考えると不安にもなる。

十五年前の十月五日……

いっそ探すのをやめてしまおうと考えることもあった。

それでも自分はやめないだろうとわかっている。

やり遂げなくてはならないとわかっている仕事を放棄するべからず……

車は一〇一号線を南へと走っていた。華やかで高級なシリコンヴァレーも、クイック・バイト・カフェやフランク・マリナーの住まいがある地域も、遠く背後に飛び去った。このあたりでは、舗装のひどく荒れたフリーウェイの左右どちら側にも殺伐とした都会の風景が広がっていた。ギャングが幅を利かせる地域、市営の住宅団地、捨て置かれた建物、ギャング・サインの落書きで飾り立てられた陸橋。

車載ナビによれば、デスティニー・エンタテインメントの本社はもうすぐだった。ショウはフォイルから聞いた話を思い返した。『ウィスパリング・マン』はデスティニーの主力商品だという。ほかにヒット作はおそらく一つもなく、失敗続きで、デスティニー本社は〝線路の向こう側〟（貧しい地域のこと）からこちら側に返り咲けずにいる。

車がフリーウェイを下りて一般道を走り出したところで、ショウはその話をスタンディッシュに伝えた。するとスタンディッシュは言った。「私の側ね」

ショウはスタンディッシュの顔を見た。

「なつかしのわが家。通称ＥＰＡ。イーストパロアルト。私はここで育ったの」

「申し訳なかった」

スタンディッシュは鼻を鳴らした。「謝るようなことじゃないわ。イーストパロアルト……混乱するわよね。だって、位置関係でいえばパロアルトの北側にあるんだから。〝線路の向こう側〟もいいところ、汽笛も聞こえないくらい、高級なパロアルトとはかけ離れてる。お父さんはカウボーイが好きだったのよね。ここは開拓時代のツームストンみたいな街よ。人口に対する殺人事件発生率がアメリカ一高いから」

「シリコンヴァレーの一地域なのに？」

「そうよ。住民の大部分は黒人。赤線指定（金融機関が申請者の信用状況とは無関係に、その地域内の住民への融資を一律で拒否する投資差別）と名義譲渡条件制限のおかげ」スタンディッシュは声を立てずに笑った。「私が子供だったころは、毎晩、どこかしらで発砲事件が起きてた。私には兄弟が三人いるんだけど、いつもウィスキー・ガルチでたむろしてた。スタンフォード大は飲酒を禁止してて、キャンパスの半径二キロにはお酒を持ちこむことさえできなかった。でも、二キロと一ブロック先なら？　ＥＰＡには商店街があって、酒屋やバーがたくさん並んでた。毎日そこで遊んでた。仕事から帰ってきたパパに見つかって、引きずられて家に帰るまでね。

もちろん、ウィスキー・ガルチはその後取り壊されて、ユニバーシティ・サークルになって、いまじゃフォーシーズンズ・ホテルが建ってる！　ほとんど冒瀆行為だと思わない、コルター？　去年発生した殺人は一件――それも無理心中だった。コンピューター・オタクとルームメートの心中事件。うちの父はいまごろお墓の下で嘆いていると思う」

「お父さんが亡くなったのは最近？」

「ううん、もう何年も前。犯罪統計が改善しても父には何のメリットもなかった。撃たれて死んだのよ。家族で住んでたアパートのすぐ前で」

「きみはそれで警察官に？」

「そう、一〇〇パーセントそうよ。高校を出て、大学は三年で卒業して、警察学校には二十一歳から入れるから入学した。卒業してＥＰＡの警察に採用された。パトロール警官をしながら、夜は大学で刑事司法を勉強して、修士号を取得した。そのあとＣＩＤに異動した。犯罪捜査部ね。仕事は楽しかったけど……」薄い笑みを浮かべて言葉を濁す。

「けど……？」

「馴染めなかった」スタンディッシュは言った。「職場で浮いてた。それでＪＭＣＴＦへの異動を希望した」

　ショウには事情が飲みこめなかった。この地域の住民の大部分は黒人なのに、なぜ？

　ショウの表情に気づき、スタンディッシュが言った。「そういう意味で浮いてたんじゃないの。うちの父のせい。そうね、説明を省いちゃったものね。私が警察官になったのは父のことが理由だった。でも、パパはママと娘の目の前で撃たれて死んだかわいそうな無辜《むこ》の市民だからじゃない。父は正真正銘のギャングだったの」

そう聞いて想像がついた。犯罪組織のメンバー——自分たちの同僚や友人を撃ったことがあるかもしれない、もしかしたら殺したことがあるかもしれない犯罪者を父に持つ刑事と喜んで一緒に働こうとする刑事がいるわけがない。

「父はパルガス・アヴェニュー13って組織のボスだったの。サンタクララ郡麻薬取締局が父を逮捕しにきて、銃撃戦になった。警察に入ってから、父の捜査資料をこっそり見たわ。あらびっくり、うちのパパは筋金入りの悪党だった。麻薬と銃、銃と麻薬。三つの殺人事件の容疑者。そのうちの二件は証拠不十分で不起訴になってた。残りの一件は有罪にできそうだったのに、目撃証人が失踪した。きっとサンフランシスコ湾のレーヴンズウッド沖あたりに沈んでる」

スタンディッシュは舌を鳴らした。「考えてもみて。兄や弟と一緒に学校から帰って、母の体調が悪かったりすると、父が夕飯を作ってくれたり、『ハリー・ポッター』を読み聞かせてくれたりしたのよ。アスレチックスの試合に連れていってくれたりもした。私の友達の半数くらいは、お父さんがいない家の子供だったの。でも、私の父はちゃんといてくれた。ついに死んでしまうまではね」

それから五分ほど、どちらも口を開かなかった。車は薄汚れた一般道をたどった。歩道や縁石際に紙くずやソーダやビールの空き缶が散らかっていた。「あれね」スタンディッシュは、築五十年から六十年くらいたっていそうな三階建てのビルに顎をしゃくった。そのビルと周囲の何軒かは、ここまでの道のりから受ける印象ほどにはみすぼらしくなかった。デスティニー・エンタテインメントの本社は外壁を塗り直したばかりらしく、まぶしいほど真っ白だ。通りに面して小ぎれいなオフィスが並んでいる。グラフィックデザイン事務所、広告会社、ケータリング会社、コンサルティング会社。

シリコンヴァレーの不動産会社が再開発した、開拓時代のツームストン。

デスティニーの駐車スペースに車を駐めた。ほかの車も地味だった。グーグルやアップルの本社周辺とは違い、ここにはテスラやマセラティやＢＭＷはない。こぢんまりしたロビーには、『ウィスパリング・マン』のさまざまなイラストが飾られていた。棒線画から、プロの作品かと思うような油絵やアクリル画まで。おそらくゲーム会員の手になるものだろう。ショウは、誘拐犯のお気に入りらしいステンシル風のイラストを探したが、なかった。スタンディッシュも同じ絵を探しているようだった。

受付係は、マーティ・エイヴォンはあと数分で手が空くと言った。縦横二メートルほどの腰高のテーブルに飾られたものが目にとまり、ショウは近づいて見てみた。郊外の住宅街の模型だった。頭上に下がった札には〈シリコンヴィルへようこそ〉とある。添えられた説明書きによると、現在はサンタクララ郡とサンノゼ郡に組み入れられていない地域で開発を提案している宅地の模型だという。マーティ・エイヴォンは、シリコンヴァレーの住宅の価格が〝誰の手も届かないほど〟高騰している問題を解決したいと考え、宅地造成を思いついたと書かれていた。

〝世界一のニンニクの産地〟への移住を余儀なくされているフランクとソフィー。ヘンリー・トンプソンがブログで取り上げようとしていた、ウォルマートの駐車場で寝泊まりしている人々。

スタンディッシュは説明書きを見ながら言った。「JMCTFに未解決の事件が二つある。IT系の大企業のなかには、サンフランシスコ市内や、はるか南や東の町と会社を結ぶ社員専用の送迎バスを走らせているところがあってね、途中で何度か襲撃に遭ってるの。住民が怒りを向けた結果よ。ここまで物価が暴騰したのはああいうIT企業のせいだと思ってるの。負傷者も出た。だから私は忠告した。〝バスの横に会社名をでかでかと書くのをやめたら〟って。各社そのとおりにしたわ。ようやくね」そう言って、皮肉めいた笑みとともに付け加えた。「あんなに頭がよくなくたって考えつきそうな対策なのに」

説明書きには、エイヴォンは地元企業を募って合弁企業を作り、手ごろな価格の住宅を労働者に供給する計画でいると書かれていた。

見上げた心がけだ。利口なやり方でもある。出資者は頭脳の流出を懸念している人々だろう。優秀なプログラマーがカンザス州あたりの〝シリコン・トウモロコシ畑〟や、コロラド州あたりの〝シリコンの森〟に移ってしまうことを心配している。

エイヴォンが新たな分野に――安定した収入が見込める不動産開発に乗り出そうとしているのは、デスティニー・エンタテインメントがナイト・タイムなどの大きなゲーム会社にはとうてい追いつけそうにないとあきらめたからだろうか。

そのとき受付係がエイヴォンの手が空いたと伝えてきた。身分証明書を見せ、来客用のバッジを受け取り、最上階に向かった。エレベーターを降りると、案内板があった――〈ビッグ・ボスはコチラ←〉。

「うーん」スタンディッシュが反応に困ったように言った。

〝コチラ〟へと歩く途中、三十台ほどのワークステーションが並んでいた。どれも旧式で、ナイト・タイム・ゲーミングのブースに並んでいた最新型のものとは大違いだ。とすると、ナイト・タイムの本社オフィスはどんなところなのだろう。

〈ボス〉と書かれた控えめな札のあるドアをスタンディッシュがノックした。

「どうぞ！」

40

マーティ・エイヴォンが椅子から立ち上がって二人を出迎えた。手足がひょろりとして背が高い。百九十センチくらいありそうだ。痩せてはいるが、不健康な痩せ方ではなく、競走馬なみに代謝のよい体質から来るものだろう。エイヴォンが歩くと、手はやたらに揺れているように見え、足音は何か平たいものが床を叩いているように聞こえた。金色の巻き毛――一九六〇年代風の印象だ――がふわふわと揺れ動く。『ウィスパリング・マン』の作者ならゴス趣味の服装をしているに違いないとショウは想像していた。黒や葬儀を連想させる紫の服を着ているだろうと。しかし、まるで違った。エイヴォンは大きすぎるベージュの麻シャツの裾を垂らして着ていた。下は、こともあろうに、赤錆のような深い色をしたベルボトムのパンツだ。足もとはサンダル履き。とはいえ、サンダル以外のどんな履物が合うというのだ?

ショウはオフィスを見回した。同じようにきょろきょろしていたスタンディッシュと目が合い、ショウは眉を吊り上げて驚きを伝えた。受付のあるロビーは、狂気を帯びた〝ウィスパリング・マン〟の不気味なイラストで埋め尽くされていたが、CEOのオフィスは、まるでおもちゃ屋だった。ライオネルの鉄道模型、プラスチックの兵士、人形、積み木やブロック、ぬいぐるみ、グリップに装飾のあるカウボーイ風拳銃、ボードゲーム。どれもコンピューター時代前のものだ。しかもほとんどは電池を使わない玩具と見えた。

三人は握手を交わした。エイヴォンは二人をコーヒーテーブルの前のソファに案内した。テーブルにはプラスチックの恐竜が三体並んでいた。

「お気に召しましたか、僕のコレクション」エイヴォンの声は甲高い。中西部の抑揚の強いアクセントがかすかに聞き取れた。

「よくもこんなに」スタンディッシュがどっちつかずの答えを返す。

ショウは黙っていた。

「子供のころ、お気に入りのおもちゃってありました？　これ、来客にはかならずする質問なんですけど」

「いいえ」二人は同時に答えた。

「僕がどうしてこんなコレクションを並べてるかわかります？　自分の経営理念を忘れないようにするためですよ」エイヴォンは我が子を見るような目で棚をながめた。「ビデオゲームが失敗する理由は一つしかない。その理由が何だか知りたいですか」

エイヴォンは木の兵士を一つ手に取った。古びた玩具で、バレエのくるみ割り人形に似ていた。「ゲームが失敗する理由は簡単です。プレイしておもしろくないからです。複雑すぎたり単調すぎたり、速すぎたりのろすぎたりすると……ゲーマーはたちまちそっぽを向く」

兵士をテーブルに戻し、エイヴォンは椅子の背に体を預けた。「一九八三年のことです。アタリは、誰も見向きもしないゲームのカートリッジの在庫を百万本近く抱えていました。そのなかの一つは、ゲーム史上最低の〝クソゲー〟――『E.T.ジ・エクストラ・テレストリアル』でした。映画はよかったのに、ゲームはクソだった。アタリのゲームもゲーム機も、ニューメキシコ州の秘密の埋め立て地に廃棄されたといわれています。それからまもなく、ゲーム市場そのものが崩壊しました。株式市場には一九二九年の大恐慌がありましたが、ビデオゲーム業界では八三年が大恐慌の年とされています」

スタンディッシュが話を本筋に引き戻した。ここ数日に連続して発生した誘拐事件を知っているかとエイヴォンに尋ねる。

「マウンテンヴューで女子学生が誘拐された件ですか。ええ、知ってますよ」エイヴォンの背後に、〞シリコンヴィル〟の巨大なポスターが貼ってあった。デスクにはたくさんの地図や、公的な文書らしきもの――コピーされた書類、紋章や書名入りのオリジナルとおぼしき書類――が広げられていた。いまはゲーム開発ではなく宅地開発プロジェクトに時間の大半を割いているらしい。

「昨夜、新たな誘拐事件が発生しました」

「その件も聞きましたよ！　同じ犯人なんですか」

「警察ではそう考えています」

「そうなんだ……」エイヴォンの動揺は芝居には見えなかった。だが、その当惑顔にはおそらく二重の意味があるに違いない。隠れたほうの意味はこうだ――で、その件が僕にどう関係する？

「犯人は」スタンディッシュが言った。「『ウィスパリング・マン』を再現していると思われます」

「うわ、やめてくれよ……」エイヴォンはつかの間、目を閉じた。

スタンディッシュが続ける。「何年か前、オハイオ州で起きた事件についてはこちらでも把握しています」

エイヴォンはうなだれた。「またか……」

ショウはソフィー・マリナーが監禁されていた部屋で見つかったものを説明した。

「五つのアイテム」エイヴォンは力ない声で言った。「五つにしたのは、うちの娘がちょうど数え方を覚え始めたところだったからです。まだ指を使って数えていましてね。右手で五まで数えて、左手で続けようとすると、どうしても1に戻ってしまうんですよ」

ショウは説明を続けた。「一つの可能性として、犯人は『ウィスパリング・マン』に夢中になって、リアルで再現しているのではないかと。オハイオ州の男子高校生と同じですね。もしそうなら、そこから容疑者を絞りこめないかと思ったのですが」

スタンディッシュが言った。「ミスター・ショウは、トニー・ナイトに会って話を聞きました。ナイトと、あともう一人……」ショウをちらりと見る。

「ジミー・フォイル」

「『コナンドラム』。あれは本当に画期的ですよ。ゲームのソースコードとしては史上最長だろうって言われてる」

一京五千兆個の惑星……

エイヴォンが先を続けた。「拡張現実《AR》。ARを使ったゲームをうちでも出そうかと考えたんですがね、スパコンがないとちゃんと動かない。ナイト・タイムのサーバーを見てみたいものです。えっと、で、僕にどんな……？」

フォイルから一つ提案があったのだとショウは話した。頻繁にオンラインでプレイしていて――『ウィスパリング・マン』に取り憑かれたようになっていて――しかも特定の三つの時間帯にプレイしていなかった会員、しかもこの近くに住所のあるプレイヤーを絞りこみたい。三つの時間帯とは、ソフィーが拉致された時刻、保護された時刻、ヘンリー・トンプソンが拉致された時刻。

論戦《バトル》になるだろうとショウは覚悟した。エイヴォンはきっとこう言うだろう。〝お話はわかりました。でも、令状がなければ、ユーザーのログは開示できません〟

案の定、エイヴォンは首を振っていた。

「お願いします」スタンディッシュが言った。「令状がないと無理だとおっしゃるんでしょうけど、なんとかご協力いただけませんか」

エイヴォンは鼻を鳴らした。「令状？　いやいや、令状はいりませんよ」

スタンディッシュとショウは顔を見合わせた。

「いらないんですか」

エイヴォンは肩を揺らして笑った。「EULAってわかります？」

知らないとショウは答えた。スタンディッシュも首を振った。

「〝エンドユーザー利用許諾契約書〟のことです。『ウィスパリング・マン』に会員登録するには、EULAに同意しなくちゃいけない。どこのソフトウェア会社、ハードウェア会社も、利用開始に当たってかならずエンドユーザーライセンス契約書の同意を取ります。もちろん、誰もなかは読みませんけどね。うちの契約書には、うちが収集した情報を好きに使ってかまわないって条項が含まれているんですよ。令状の有無にかかわらず警察にユーザーの個人情報を引き渡せるってことです。

だから、問題はそこじゃない。ユーザーを特定するには、IPアドレスを使うことになります。うちのサーバーはしじゅうハッキングされてますから――ゲーム会社はどこもそうです――個人情報と接続ログは別のサーバーで管理することにしています。つまり、ゲーム用のサーバーが把握してるのはユーザーの誰それが会費をちゃんと払っているかどうかだけで、どこの誰なのかは知らないわけです。IPアドレスからユーザーのパソコンを特定するのはそう難しいことではないかもしれない。ただ、うちの会員のほとんどは――少なくとも若い世代は――匿名プロキシを使ってるんです」

「接続環境情報を隠して、どこから接続しているのかわからないようにしている」ショウもネットに接続するときプロキシを使う。

「そのとおりです。匿名プロキシを利用しているユーザーの情報を手に入れるには時間がかかるし、不可能な場合もあります。でも、やってみるしかないですね。えーと、オフラインだったとわかってる時間帯は？」

ショウはノートを見せた。

「そうだな、ふだん週に二十五時間以上プレイするのに、この三つの時間帯は」――ノートを顎で示す――「オフラインだった会員に絞りこむとしますか。それにしても細かい字だな」エイヴォンは一本指でキーを叩きながら、独り言のように言った。「中国では、ゲームをプレイできる時間を法律で制限しようとしてるって知ってました？　それに世界保健機関は最近、ゲーム障害を病気として認定したんですよ。ばかげてる。週四十時間以上働く弁護士は病気だと言ってるようなものです。じゃあ看護師とか、外科医とかはどうなんだって話でしょう」てっぺんにピエロの頭がついた鉛筆をもてあそぶ。それから画面を確かめた。「よし。出ましたよ」

スタンディッシュが身を乗り出す。「もう結果が出たんですか」

ヴェルマ・ブルーインの懸賞金検索アルゴリズム〝アルゴ〟の速度に慣れているショウは、とくに驚かなかった。

画面に目を走らせながらエイヴォンが言った。「答えは、但し書きつきのイエスです。週に少なくとも二十五時間はうちのゲームをプレイしているけど、三つの時間帯にはオフラインだった会員は二百五十五人います。そのうちの六十四人は匿名ではない——匿名プロキシを経由してません。でもその六十四人全員がサンフランシスコから百五十キロ以上離れたところから接続していますね。この六十四人以外は全員、匿名プロキシの陰に隠れてる。つまり、接続経路がまったくわからない。すぐ隣の建物にいるのかもしれないし、ウズベキスタンにいるのかもしれない」エイヴォンはリストを見つめた。「ほとんどは商用プロキシを使ってますね——やっかいな相手です。経路を追跡するのは可能ですが、少し時間がかかります」

エイヴォンはまた新たなコマンドを打ちこみ、リターンキーを押した。「これでよし、と。別の人間にあとを頼みました」

それと同時に、エイヴォンは思考だけがどこか別の場所に漂ってしまったかのような表情をした。しばらくして、こう尋ねた。「女子学生が監禁されていた場所は?」

ショウは答えた。「廃工場。レベル1です」

「あれ、うちのゲーム、知ってるんですか。プレイするとか?」

「いえ、やりません。ヘンリー・トンプソン――というのが今度の被害者です――は別のレベルに監禁されていると思うんですね」

エイヴォンは言った。「犯人がゲーマーなのは間違いなさそうですよね。とすると、同じレベルをやるのは時間の無駄《fail》だし、レベルを飛ばすのはチートだ」

仕事で最新テクノロジーを利用することの多いショウは、IT業界の人々がしばしば動詞を名詞として使うことに気づいていた。たとえば〝fail〟(無駄にする)という動詞を〝無駄〟という名詞として使う。〝ask〟(尋ねる)は〝質問〟という意味だ。

「レベル2は〝暗い森〟です」

「とすると、ヘンリー・トンプソンは、どこかの森に監禁されていると」

スタンディッシュが顔をしかめた。「このへんは街中をちょっと離れたら森だらけ」

ショウはテーブルの上のおもちゃの兵士を見つめた。高さは八センチほど、深緑色で、さまざまな戦闘姿勢を取っている。第二次世界大戦中の兵士なのかもしれない。最近の玩具会社はどんな商品を作っているのだろう。ドローンの操縦ステーションに座っている男性や女性か。パソコンのキーを叩いてロシアの防衛網にハッキングを試みているサイバーセキュリティの専門家か。

エイヴォンは椅子の背にもたれ、目を閉じて考えにふけった。やがて目を開いた。

「女子学生の監禁場所に置いてあった五つのアイテムは何でしたか」

ショウは答えた。「水、ガラス瓶、マッチ、釣り糸、布きれ」

エイヴォンは言った。「なるほど、それはいいぞ」

41

ショウはいつも旅ばかりしているのに、ヘリコプターにはまだ一度も乗ったことがなかった。

ようやく乗ってみて、あまり好きになれそうにないとわかった。

問題は高さではなかった。このヘリコプターは扉がないオープンドア・タイプだが、それでも高度は問題ではない。キャンバス地とスチールは、構成と配置が適切ならば信頼できる素材であり、ベル機のシートベルトは着け心地もよかった。ショウや兄妹は、幼いころに高所の恐怖を克服した。これももちろん父アシュトンの訓練のたまもので、十三歳までにロッククライミングを覚えた。挑み甲斐のありそうな仕事が見当たらないと、ショウは垂直の面を探して登る（かならずフリークライミングで登る。ロープは使うが、転落を防止するためで、登るのを楽にするためではない）。この日の朝、コンパウンドに帰省中に登る予定だった岩壁までのルートを書きこんだ地図をスタンディッシュの肩越しにながめたときも、登るのが楽しみでしかたがなかった。

そんなわけで、眼下の森との距離が百五十メートルもあろうと、それは問題ではない。ただ、吐くのがいやなだけだ。身体的な痛みより――ほとんどの身体的な痛みより――吐くほうがよほど苦痛だった。

いまにも吐きそうな瞬間もあれば、そうでもない瞬間もある。シーソーのようだ。深呼吸をした。それは間違いだった。排気ガスと燃料のにおいが共謀して吐き気を加速した。

ラドンナ・スタンディッシュはすぐ隣に乗っている。二人は進行方向に対して後ろ向きに座り、対面のシートには黒ずくめの制服に黒い防弾ベストを着けた機動隊員二名が並んでいた。胸に〈POLICE〉の白い文字がある。背中にもっと大きな文字で同じ語が書かれているのをショウはさっき見ていた。二人ともヘッケラー&コッホのマシンガンを胸に抱いている。スタンディッシュもやはりヘリコプター酔いしているようだった。オープンドアとその向こうの景色には決して目を向けず、何度もつばをのみこんでいる。エチケット袋を握り締めているのを見て、こらえてくれよとショウは念じた。頼むから吐かないでくれ。誰かが吐くと、決まって周りもつられて吐くことになる。

スタンディッシュは防弾ベストを着け、腰に拳銃だけを帯びている。ショウもケブラーの防弾ベストを着ているが、規則にしたがい、銃は携帯していない。〝危険のある現場にはついてこない〟規則のほうはどうやらなかったことにされたようだった。

二人がいまヘリコプターで飛んでいるのは、『ウィスパリング・マン』のクリエーターのマーティ・エイヴォンの発言ゆえだ。エイヴォンは、プレイヤーが与えられる五つのアイテムのうち三つはゲームのアルゴリズムによってランダムに決定されると説明した。ソフィーの場合なら、釣り糸と布きれ、ガラス瓶がこれに当たる。ほかの二つもランダムではあるが、二種類のカテゴリー――食糧と通信――に属するアイテムのなかから一つずつが選ばれる。食べ物か水――ソフィーは水だった――と、助けを呼んだり、味方に自分の現在地を伝えたり、危険の存在を知らせたりするのに使えるものだ。ソフィーはマッチだったが、懐中電灯や鏡のこともある。火を熾すための道具を与えられることが多い。マッチでなければ、ライターや、火打ち石と打ち金のセットだ。高山の頂上や洞窟など、気温が低い場所でスタートする場合は、体を暖めるのにも使える。

「新たな被害者が森にいて、マッチかライターを持っていれば、火を熾そうとするかもしれませんね」エイヴォンは言った。

それを受けてショウは言った。「北カリフォルニアの森のなかで焚き火？　それはかならず誰かが気づいて大騒ぎになるだろうな」

旱魃《かんばつ》と猛暑と風という条件がそろい、カリフォルニア州中部から北部にかけて山火事が猛威を振るうことが増えている。何年も前、ショウと家族が住むコンパウンドにも山火事が迫ったことがあり、あやうくロッジを失うところだった。

「そこは気をつけるんじゃない？」スタンディッシュは言った。「燃え広がるような場所でいきなり火をつけたりはしないと思う。開けた野原とか、岩の上とかで小さな焚き火を熾すくらいのものでしょう。誰かが気づくだろうけど、山火事には発展しない程度の焚き火」

スタンディッシュは公園局に問い合わせた。公園局では熱センサーを搭載したドローンや衛星を使って森林火災を監視している。公園局によれば、ビッグベースンレッドウッズ州立公園の岩山の頂上で小さな炎を確認したという。深夜零時ごろ火がつき、短時間だけ燃えていたが、まもなく消えた。赤外線スキャンをしたところ、午前一時には、炎も残り火もなくなっていた。あとで確認するために位置を記録したが、その時点では人員を派遣しなかった。

ショウは地図でその場所を確認した。ヘンリー・トンプソンが拉致された現場から車で四十分ほどの距離だ。

公園局の職員はスピーカーフォンを介して説明した。夜間にその場所で炎が検知されるのは珍しい。付近にハイキングコースはなく、唯一通っている木材運搬道路は通行止めになっている。それを言ったら、そもそもそこで何か燃えたこと自体が奇妙だ。落雷はなく、火が確認された地点は岩場で、岩の隙間から草や低木が伸びているような場所でもない。「キャンプに来た人が森に迷いこんだくらいしか考えられませんね」

スタンディッシュが尋ねた。「その地点の衛星画像はありますか」

公園局から送られてきた画像をエイヴォンの高解像度ディスプレイで表示し、スタンディッシュ、ショウ、エイヴォンはそろって画面をのぞきこんだ。

岩と影でできたまだら模様が画面を埋め尽くしていたが、炎のそばに立っている人影らしきものもおぼろに見えた。

「これで決まりだと私は思う」スタンディッシュは言い、携帯電話のボタンを一つ押してどこかへ連絡した。

スタンディッシュとショウは即座にモフェット飛行場に向かった。サニーヴェールとマウンテンヴューの北側に位置する古い陸軍施設で、デスティニー・エンタテインメント本社からわずか十分の距離だった。少なくとも、スタンディッシュの運転では十分で着いた。ショウはアームレストを握り締めて、NASCARレースもかくやと思われるドライブを耐えた。

スタンディッシュによると、モフェット飛行場は陸軍の飛行場としてはあまり使われなくなっているが、航空救難基地としての機能は残っている。飛行場の大部分はグーグルにリースされており、同社は巨大な格納庫〝ハンガー1〟の修復を進めている。ハンガー1は、一九三〇年代に飛行船や軽飛行機の格納庫として造られた、世界一の規模を誇る木造建築物だ。

二人は飛行場でJMCTFが所有するベルのヘリコプターに搭乗し、わずか二十分の飛行ののち、いま、炎が検知された地点に到着しようとしている。ほかに四人の機動隊員が空軍州兵の深緑色の旧型ヘリコプター〝ヒューイ〟に乗って、右方向五十メートルの位置を飛んでいた。

スタンディッシュの咽喉《のど》が立てる空嘔《からえ》吐《ず》きのような音がヘッドフォン越しに聞こえ、ショウはヘッドフォンをはずした。それで吐き気はいくらか治まった。

シリコンヴァレー郊外のもやに包まれた市街地の景色は遠ざかってなだらかな丘陵と森に変わり、次に針のような葉を茂らせたアメリカスギの険しい山岳に、その次に岩と骸骨のような木々と干上がった川床に変わった。ここがビッグベースンレッドウッズ州立公園の中心だ。険しい地形が上昇気流を発生させて、ヘリコプターが激しく揺れるのではないかとショウは思っていた。ところが意外にも、風は安定していた。市街地の上空を飛んでいたときのほうがよほど揺れた。

スタンディッシュが小さく首をかしげた。パイロットが何か言ったのだろう。ショウはヘッドフォンを装着し直して会話の後半を聞いた。

「ノー《ネガティヴ》」スタンディッシュが答えた。

パイロット——「了解。着陸地点《LZ》を探します」

ショウはスタンディッシュを見た。スタンディッシュが言った。「パイロットから、高度を下げて、着陸予定地点上空を偵察飛行するかと訊かれて、ノーって答えたところ。

いまさら容疑者が現場にいるとも思えないけど、最初の事件には銃を持って舞い戻ったわけでしょう。ヘリコプターが着陸すれば音は聞こえちゃうかもしれないけど、来たのを見られたくないから」

このタイミングで偶然、犯人が現場に戻っている確率――？　かなり低いだろうとショウは思った。それでも、銃弾が命中し、カイル・バトラーが血の霧を噴き上げながら倒れた瞬間の記憶はいまも鮮明だった。

二機のヘリコプターは、谷底から六十メートルほど上の平らな頂上の開けた場所の上空でホバリングし、同時に着陸した。ショウは即座に降りた。意味もなく頭を下げた――ローターはずいぶん高い位置にあるが、誰でも思わず首をすくめてしまうだろう。地上に立ったとたん、吐き気は治まった。スタンディッシュが反対側から飛び降りるなり背を丸めて嘔吐したのに気づいても、ショウはつられて吐かずにすんだ。スタンディッシュはすぐに体を起こしてつばを吐き出した。パイロットが差し出したボトル入りの水――このためにつねに手もとに用意されているのだろうか――で口をすすぐ。

それからショウのところに来た。「少なくとも、帰りに吐くものはなくなった」

同じ機で来た機動隊員二人とともに、小走りで野原のへりに向かった。そこでもう一機に乗ってきた四人と合流した。この四人も戦闘服で身を固めていた。四人はスタンディッシュとショウにうなずいた。ショウを横目でちらちらうかがっている。スタンディッシュはショウを四人に紹介しなかった。ベル機のパイロットが追いついてきて、この一帯の地図を広げた。火が検知された地点の座標をあらかじめ伝えられていたらしく、赤いペンで印がついていた。パイロットはあたりに視線をめぐらせ、現在地が地図上のどこに当たるか見きわめようとしている。ショウは地図を一瞥し、次に周囲の起伏をざっと確かめた。ショウはコンパウンドでオリエンテーリングをやったことがあり、大学時代には競技会にも出ていた。コンパスと地図だけを頼りに、山野にあらかじめ定められたルートをたどってできるだけ短時間でゴールする競技だ。

ショウは指をさした。「火が検知された地点はこの方角、およそ五百メートル先だ。あの尾根を越えた辺り。ここからまっすぐだ」

全員がショウの顔を見ていた。ショウはスタンディッシュを見た。これはスタンディッシュが仕切る狩りなのだから。

「上官から説明は？」スタンディッシュはもう一機で来た四名に向かって言った。この四人はJMCTFの人員ではない。制服が違っている。郡か州の警察の機動隊員だろう。装備はどれもぴかぴかで、ブーツは磨き抜かれ、銃には傷一つついていなかった。

そのうちの一人、上腕の筋肉が球根のように盛り上がった腕をした隊員が答えた。

「何も聞いていません。人質救出作戦だってことと、犯人が現場にいる可能性があるってことしか」

「前回の誘拐事件――ソフィー・マリナーの誘拐事件では、未詳は銃を持って現場に戻ってきて、殺人事件が発生しました」ニュースを思い出したのか、二人がうなずく。

「銃は九ミリのグロック。狙いの正確さを考えると、長銃身《ロングバレル》かもしれない。射撃には慣れてる。ここに戻っているとは考えにくいけど――衛星とドローンの偵察画像には、この近くに車は一台も停まっていないから――それでも、これだけ鬱蒼《うっそう》とした森のなかだから、身を隠す場所はいくらでもあるはずです。銃撃には充分警戒してください」

スタンディッシュはショウに向き直った。「一番いいルートは？」

ショウはパイロットから赤いペンを借り、現在地から炎が検知された地点まで〝（　）〟のような線を地図に描きこんだ。「北側のルートは要注意だと思います」

機動隊員の一人が訊いた。「すみません、北ってどっちです？」

ショウは地図の北側を指さした。「ヒマラヤスギが見えたら、すぐ下が崖になっています」

間《ま》があった。「すみません、ヒマラヤスギってどんな木ですか」

ショウは一本を指さした。

「おそらく、崖のぎりぎりに立つまで見えないと思いますよ。尾根を越えたら周囲が開けるので、高所からの銃撃に気をつけること。ここじゃないとか、ここじゃないとか。太陽の向きはこちらに有利です。未詳の目を直撃する位置にある。双眼鏡やスコープを使っているなら、レンズに反射する」

スタンディッシュがあとを引き継いだ。「たぶん人質は靴を履いていません。何かで足を保護してるかもしれないけど、いずれにせよ、そう遠くには移動していないと思う」

ショウは一つ付け加えた。「ここに運ばれてきたときは意識がなかっただろうから、本人にとっては、ここはヨセミテ国立公園のど真ん中かもしれないし、シエラマドレ山脈の奥地かもしれない。もともとアウトドア派ではないようなので、歩いて脱出しようとは考えないだろうと思います。私なら水源を探して、一カ所から動かないようにしますね」

スタンディッシュが言った。「まず周囲の安全を確保してから被害者を探します。いまの話を聞いてわかったと思うけど、ミスター・ショウは追跡のプロです。ミスター・ショウの助言に従ってください。JMCTFのコンサルタントです」

それからショウに、木材運搬道路はどっちかと尋ねた。ショウは地図を確かめ、向きを変えて指をさした。

「私とミスター・ショウはこっちを探します」スタンディッシュはうなずいて言った。「未詳が被害者をあんな遠くまで——火が確認された尾根まで引きずっていったとは思えない。たぶん、木材運搬道路の近くに置き去りにしてる。ミスター・ショウと私はその現場を探して保存します」スタンディッシュは一人ひとりの顔を順番に見た。「そういう分担でいいですね」

全員がうなずいた。

「質問は？」

「ありません」

スタンディッシュは木材運搬道路のほうに歩き出した。ショウはもう一度地図を確認し、レベル2を再現プレイ中のウィスパリング・マンがヘンリー・トンプソンを置き去りにした候補地点を探した。

暗い森……

機動隊員は集まって話し合っていた。誰が誰と組むか相談しているのだろう。まもなく一人が大きな声で笑った。ショウは地図を丁寧にたたみ、機動隊員のほうに行った。たったいま聞こえた言葉の主が六人のうち誰なのかわからない。ショウは全員の顔を一つずつ見つめた。それからうなずいた。

六人がうなずき返す。気まずい雰囲気が霧のように立ちこめた。

「スタンディッシュ刑事がレズビアンなのかどうか、私は知らない」六人の子供じみたジョークを耳にしたショウは低い声で言った。「当事者でないなら、〝ダイク〟という表現を使ってはいけないのではなかったか（レズビアンを指す不快語。ただしレズビアンの女性が自分たちを指して使うことはある）。誰かを〝ちぢれ頭〟と呼ぶのは、どう考えても間違っている」

六人はショウを見ている。どの視線も氷のように冷たかった。やがて二人が地面をやけに熱心に観察しはじめた。

何か言い返してくるとしたら、大柄な一人だろうとショウは予想していた。深い皺が刻まれた額や極太の腕に、いじめっ子と書いてあるのが見えるようだった。しかし、反論したのは一番小柄な一人だった。「うるさいこと言うなよ。別に騒ぐようなことじゃないだろ。機動隊ってのはそういうとこなんだ。なんてったって戦闘要員だからな。ジョークの一つや二つは言う。いつも危険と隣り合わせだ。ストレスの発散が必要なんだよ」

ショウは黙ってその隊員の真新しいマシンガンにちらりと目をやった。その銃が射撃練習場以外の場所で一度も発射されたことがないことはどちらもわかっている。隊員は目をそらした。

ショウは残りの五人を見回した。「私にはネイティブアメリカンの血が流れている。母方の先祖がそうでね。高祖母だ。だが、私の名前はもう知っているな。念のため言っておくが、〝ジェロニモ〟ではないぞ」

何人かの憎々しげな表情は、このように不愉快な展開になったのは、調子を合わせようとしないショウのせいだと言っていた。ショウは向きを変えてスタンディッシュを追いかけて歩き出した――未詳がヘンリー・トンプソンを置き去りにした場所を探すために。〝脱出できるものならやってみるがいい〟

〝さもなくば尊厳を保って死ね〟

スタンディッシュに追いついたところで、ショウは後ろを振り返った。機動隊員はいくつかのチームに分かれ、ショウが示したルートを歩き出そうとしていた。

隣でスタンディッシュが言った。「よくあることだから」

「聞こえたか」

「いいえ。でも、あなたが戻っていくのが見えたから。どんな悪口だった？　同性愛者のくせにとか？　それとも黒人のくせに？」

「両方とも少しずつ。きみは同性愛者だとか何だとか。あと、その髪のこと」

スタンディッシュは笑った。「また〝くるくる頭〟とか、そんなようなこと言ってた？　やれやれ。本当にガキなんだから」

「なんとなく違和感があるなと思った。人種のことだけを言ってるのではないのかなと。何か別のことでよく思われていないんだね」

スタンディッシュはまだ笑みを浮かべていた。「当たり」

ショウは黙って先を待った。

「私はEPA警察から直接JMCTFに移ったって話はしたわよね。短期間で刑事に昇格した。ちなみにほんの数カ月だった」

「数カ月？　ずいぶん早いな、どうやって？」ショウは驚いた。

スタンディッシュは肩をすくめた。「担当した捜査のいくつかがうまくいったから」

その控えめな表現でわかった。大規模で重要な意味を持つ捜査だったのだろう。そして〝うまくいった〟どころではない大成功を収めたのだ。そういえばオフィスのファイルキャビネットの上に表彰状が並んでいた。リボンつきのメダルまであった。プラスチックのケースに入ったままだったが。

「年俸が二万ドル上がった」スタンディッシュは機動隊員のほうにうなずいた。「あなたも気づいてると思うけど、ショウ、シリコンヴァレーは二種類あるの」

「きみは一〇一号線の北側の出身だ。で、彼らは南側の出身なんだな」

「そう。あの人たちは、子供をサッカーの練習にいちいち送っていく余裕があるような家庭の親ってこと。あとはエアコンが効いた射撃練習場でつるんでるか、ゴルフをやってるか。あとはバーベキューとか、ボートとか。好きにしてくれていいけど。ともかく、〝東は東、西は西、そして両者はけっして会うことがないだろう〟ってくらい、住んでる世界が違うの。向こうは私みたいな人間から指図されるなんてまっぴらだと思ってる。しかも、あの人たちのうちの一番年下の一人より若いわけだから、なおさら」スタンディッシュはショウを横目で見た。ショウはその視線を肌で感じた。「保護者はいらないわよ」

「わかってる。ただ、ときどき黙っていられなくなることがある」

スタンディッシュはうなずいた。自分も同じだと言いたいのだろう。

「あれはきみのパートナーなのかな。デスクに飾ってあった写真を見た」オフィスで見た写真の一枚に、スタンディッシュときれいな白人女性が頬を寄せ合って微笑んでいるものがあった。

「カレンね」

ショウは尋ねた。「交際してどのくらい？」

「六年。結婚して四年。私の姓のこと、ちょっと不思議に思ってたんじゃない？　〝スタンディッシュ〟」

ショウは肩をすくめた。

「私が姓を変えたのよ。カレンと私には共通点があってね。カレンの祖先はメイフラワー号でアメリカに渡ってきたそうなの。マイルズ・スタンディッシュ（英国出身の軍人。プリマス植民地で中心的役割を果たした）」

「へえ、あのスタンディッシュ？　でも、共通点というのは？」

「私の祖先も船でアメリカに渡ってきたから」スタンディッシュはこらえきれなくなったように吹き出した。ショウもつられて口もとをゆるめた。

「お子さんは？」

「二歳。ジェムって名前でね。カレンが生みの親。この子がまた――」

ショウはふいに片手を挙げた。二人は立ち止まった。ショウは鬱蒼とした森に視線を走らせた。いま二人がいる周辺は木々がとりわけ密集していた。マツやカシ、そこにからまった蔓植物。狙撃手が身を隠すにはうってつけだ。

スタンディッシュがホルスターに手をやった。「何か見えた？」

「何か聞こえた。もう聞こえなくなった」ショウは木立や低木の茂み、岩場などを目で確かめた。動くものは無数にあるが、警戒すべきものは一つもない。幼いころから森にいれば、その区別は簡単だ。

二人は木材運搬道路に向かって歩きながら、ヘンリー・トンプソンが放置された場所を探した。このあたりのどこかに違いない。ショウは靴痕が残っていないかと地面に目を凝らした。歩いた痕。あるいは引きずられた痕。

スタンディッシュが言った。「結婚してるの？」

「いや」

「いまつきあってる人がいるのかって訊いちゃいけなさそうな口ぶり」

「そんなことはないさ。いないよ。いまは」

またしてもマーゴの顔が脳裏に浮かんできた。声は聞こえず、すりガラス越しに見ているようだった。幸いなことに、そのイメージはすぐに遠ざかって消えた。

「子供は？」

「いない」

さらに五十メートルほど進んだ。スタンディッシュが首をかしげる。イヤフォンに無線の報告が聞こえているらしい。まもなく無線機のマイクを口もとに近づけた。「了解。ほかのチームと合流して」

無線機をベルトに戻した。「火が検知された岩場に到着したって。未詳はいない。トンプソンも」

ショウはしゃがんだ。草が折れている。靴の革底ではなく、動物の蹄《ひづめ》や足がつけた痕のようだ。立ち上がって周囲に視線を巡らせた。やがてうなずいて言った。「向こうだ。あの方角に歩いたんだろう」

木材運搬道路の方角に、人か動物が通ったようなかすかな痕跡が伸びていた。二人はそれをたどって歩き出した。

スタンディッシュが言った。「名前をつけないと」

「誰に？」

「未詳。たまに名前をつけて呼ぶことがあるの。未詳はいつもたくさんいるから、区別がつかないでしょ。ニックネームね。何か思いつく？」

懸賞金ビジネスでは、自分が探している行方不明者や逃亡犯人の名前がわからないということはない。たとえわからない場合でも、ニックネームをつけたりはしなかった。少なくともショウはしない。「何も」

スタンディッシュが言った。「〝ゲーマー〟。どう？」

どことなく芝居がかっている。しかし、これはショウの事件ではないし、ショウは区別すべき未詳をたくさん抱えた刑事でもない。「いいんじゃないか」

木材運搬道路に沿ってさらに三メートルほど進んだところでスタンディッシュが言った。「あ、見て」

地面を覆った松葉のクッションに、円くぼんだところがある。いまは使われていない木材運搬道路のすぐそばだった。そのくぼみに、子供が遊ぶビー玉のようなものが入ったビニール袋一つ、洗濯ひも一巻き、両刃のかみそりの替え刃一箱、ビーフジャーキーの大箱一つがあった。

「あれ」ショウは〝ゲーマー〟が五つのアイテム――今回の被害者に与えた五つのアイテムは、先の四つと、火を熾すのに使われたマッチかライターだろう――を残したくぼみから少し上にある平らな岩を指さした。

「もしかして……？」

思ったとおりのものだった。クイック・バイト・カフェで見つかった印刷用紙とソフィー・マリナーが監禁されていた部屋のそばにあった落書きと同じもの。

『ウィスパリング・マン』の白黒のイラスト。

スタンディッシュが一歩前に踏み出したところで、ショウは立ち止まり、スタンディッシュの筋肉質な腕をつかんだ。「動かないで。声を立てないように」

スタンディッシュはよく訓練されているようだった。あるいは、生来の素質かもしれない。反射的にショウを振り返ったりはしなかった。その場ですっとしゃがんで的を小さくしてから、敵を探して視線を動かした。

ショウが聞いた物音は、誘拐犯が立てたものではなかった。枝がゆっくりと折れる音、ごろごろというような低いうなり声――あんな音を立てる生き物はほかに存在しない

——が、いま姿を現そうとしているものの正体をショウに教えていた。

十メートルほど先に、ピューマが現れた。体重六十キロくらいありそうな大きな雄だ。何一つ見逃さない目が、二人をまっすぐに見つめていた。

43

「嘘でしょ」ラドンナ・スタンディッシュがかすれた声で言った。立ち上がって銃に手をかける。

「よせ」ショウは言った。

「サンタクララ郡には規定があるの。ピューマは絶滅危惧種とされていない。つまり、撃ってもいいってこと」

「〝ゲーマー〟が近くにいるかもしれないんだぞ。奴にこっちの居場所を知らせたいか？」

そこまでは考えていなかったか、スタンディッシュは銃にかけた手を引っこめた。そして独り言のように繰り返した。「ピューマ。本物のピューマ」

ピューマの口の周りは血で赤く濡れていた。ヘンリー・トンプソンの血だろうか。

「目をそらすな。できるだけ背を高く見せろ」

「背はこれ以上伸ばせないってば」スタンディッシュが小さな声で応じる。

「せめて背中を丸めるな。四本足の動物に似た姿勢を取れば取るほど、彼の目には獲物らしく映る」

「彼？　雄ってこと？」

「そう、雄だ。ジャケットの前を開いて」

「銃を見せたって逃げてくれないわよ、コルター。そういう意味じゃないんだろうけど」

「体を大きく見せられる」

「どうしてこんなはめに」スタンディッシュはウィンドブレーカーの前をゆっくりと開き、ジッパーの部分をつかんで大きく広げた。その姿は、ショウがロッククライミング中にときおり見かける若者そっくりだった――ウィングスーツを着て虚空《こくう》にジャンプし、急降下するハヤブサのように弧を描きながら滑空する若者。

ショウは言った。「絶対に走るなよ。何があってもだ。たとえ奴がすぐそこまで近づいてきたとしても、絶対に走ってはいけない」

完璧な筋肉と豊かな黄褐色の毛皮をまとったピューマは鼻をひくつかせた。耳をうしろにたたみ――これは危険なサインだ――ほかの歯の三倍も長い、血にまみれた黄色い牙をむき出した。また一つ、不吉なうなり声が咽喉から漏れる。

「あの声、どういう意味よ」

「情報を集めている。きみと私のことを探っているんだ。強いのか、弱いのか。私たち、が自分を取って食おうとしているのか」

「ピューマを取って食う動物なんかいるわけ？」

「クマ。オオカミ。銃を持った人間」

スタンディッシュは、不吉なうなり声をあげる代わりにつぶやいた。「私は銃を持った人間なんですけど」

ピューマの目を見つめたまま、ショウはゆっくりとしゃがみ、一瞬だけ視線を地面に向けてグレープフルーツ大の石を拾った。一センチずつ、そろそろと立ち上がる。自信に満ちた態度。穏やかなしぐさ。攻撃するそぶりは一瞬たりとも示してはならない。

恐怖を表に出すべからず。

「抵抗するのはかまわない。顔と咽喉だけはなんとしても守れ。彼らが狙うのはその二つだ」

「まさかその石で……？」スタンディッシュは信じられないといった風に言った。

「できれば避けたいが、いざとなったら……」それからショウは言った。「口を開けろ」

「え、何……？」

「呼吸が速く大きくなっている。口を開けていたほうが音がしない。きみのいまの呼吸音は、怯えているように聞こえる」

「だって怖いでしょうが」それでもスタンディッシュは言われたとおりにした。

ショウは続けた。「彼らは反撃されるのに慣れていない。だから迷っている。このディナーは襲うに値するかどうか。彼の目には獲物が二体見えている。その二体は大きさにだいぶ差がある——体が小さいきみを私の子だと思っているかもしれない。きみのほうが弱そうなうえにうまそうだが、きみを食うには、先に私を倒さなくてはならない。だが、親の私は自分の命を犠牲にしてもきみを守ろうとするだろうと思っている。食事はもうすませたようだから、いま彼を突き動かしているのは空腹ではない。そして私たちは逃げようとせず、挑むような構えを示している。だから、不安を感じて迷っているんだ」

「あっちが？　不安？」スタンディッシュは鼻を鳴らした。「ねえ、私のジャケット。大きく見せるにはこれで充分？」

「ああ、それで充分だ。ところで、万が一彼が襲いかかってきて、私が止められなかったら、そのときは撃っていい」

ピューマが頭を低くした。

ショウは石を握り直し、ピューマの目に視線を据えたまま肩を怒らせた。ピューマの黄色い瞳に囲まれた黒い縦長の瞳孔は、ショウを見つめたまま微動だにしなかった。美しい生き物だ。自在にしなる金属のような四肢。顔は、邪悪なものを発散しているように見えた。しかしもちろん、邪悪さなどとは無縁だ。あの顔は、夕飯のシチューを前にスプーンを手に取ったときのショウの顔と、本質的には変わらない。

確率を見積もる。ピューマが襲ってくる確率——五〇パーセント。

射殺することにならなければいいが。あの美しい生き物をできれば死なせたくない。肉または皮を手に入れるため、自衛のため、哀れみから……

石を握るショウの手に力がこもった。

まもなく決断が下された。ピューマは後ずさりして向きを変えた。低木の枝がはじけるかすかな音がふたたび響く。遠い焚き火を思わせる音。湿り気を帯びた空気でくぐもった音。ほんの一秒か二秒後には姿が消えていた。あれだけ大きな体をしているのに、ピューマという生き物は、音もなくステージに現れ、去っていく術《すべ》を完璧に磨き上げている。

「ふう。よかった」スタンディッシュが腕を下ろして目を閉じた。手が震えていた。

「戻ってきたりしないわよね」

「おそらく」

「断言はできないってこと?」

「できない」ショウは答えた。

「仕事柄、ちんぴらギャングやジャンキーに銃を向けられたことだっていくらでもあるのよ、ショウ」スタンディッシュはそこで口をつぐんだ。「あっと、ごめんなさい。コルター」

「ここまで来たら、〝ショウ〟と〝スタンディッシュ〟でかまわない気がするね。〝コルター〟と〝ラドンナ〟の段階はもう卒業したと思う。一緒にピューマを撃退した仲だ」

マーゴはショウをラストネームで呼んでいた。ショウはそれが気に入っていた。

スタンディッシュが続けた。「情報提供者が捜査の途中で寝返って、かみそりを振り回しながら向かってきたこともあった。そのくらい日常茶飯事ってことよ。でも、ピューマは日常茶飯事のうちじゃない」

それは人と職業によるなとショウは思った。

スタンディッシュは黄色いテープを一巻き持参していた。テープを木から木へと張り渡して、五つのアイテムの発見現場を囲んだ。

「あの血は?」スタンディッシュが言った。

「トンプソンのものかどうか、か?」ショウは言った。「可能性は否定できない」ショウはピューマが消えた方角に行ってみた――慎重にあたりをうかがいながら。そしてほかより高くなった岩に上り、その向こう側にあるものを見た。

それからスタンディッシュのところに戻った。

彼女がショウを見て言った。「何かあった?」

「シカの死骸。大部分を食ったあとだった。私たちにそこまでこだわらなかったのはそのおかげだな」

スタンディッシュはテープを張り終えて立ち上がった。

ショウは地面に目を凝らした。「ヘンリーがあの方角に行ったかどうかは見分けられない。が、たぶん行ったんだろう」ショウは木立の手前に張り出した石灰岩の岩場を見

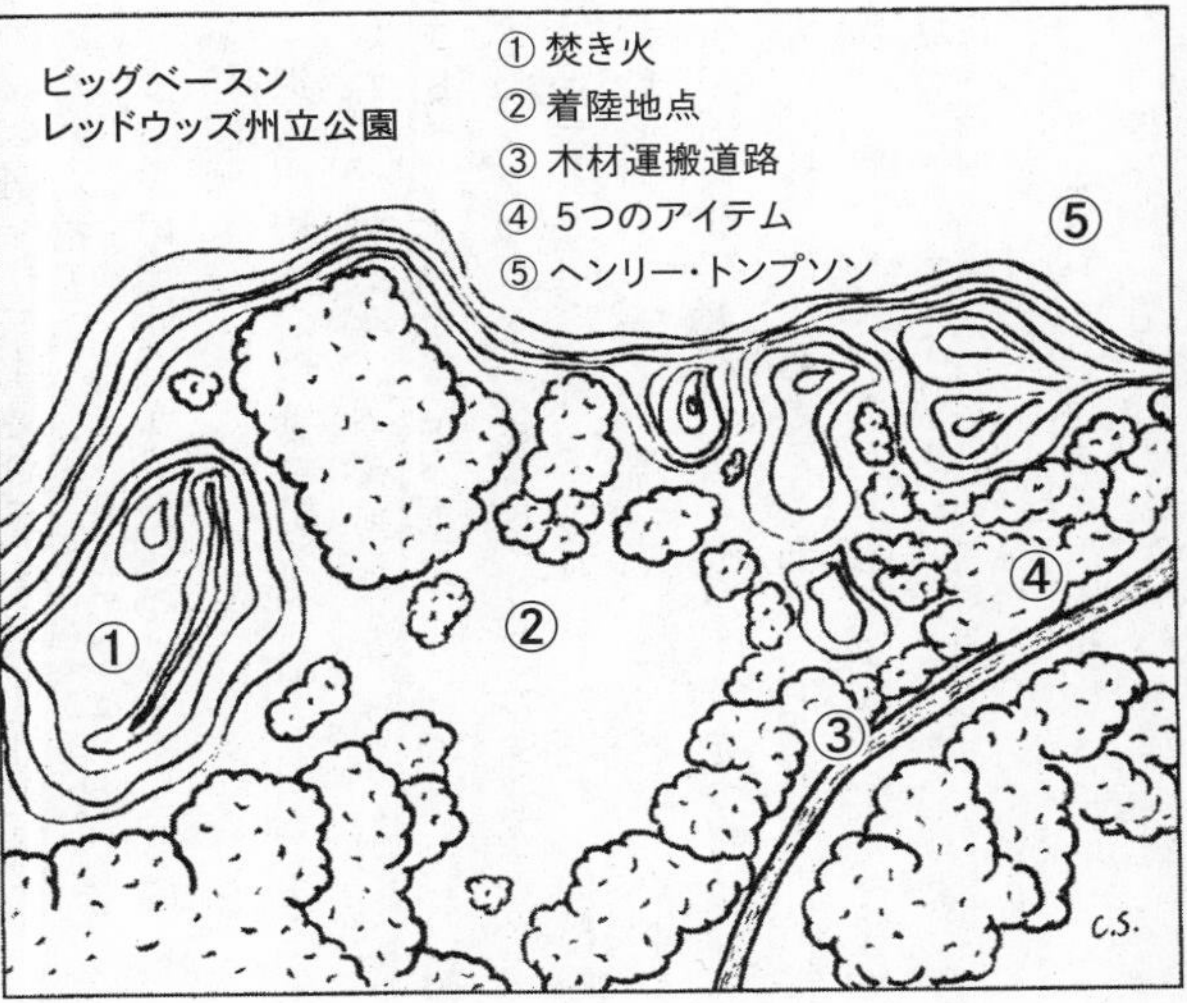

た。木立の向こうは深い谷になっているようだ。
ショウは先に岩場によじ登り、スタンディッシュに手を貸した。二人は崖の際まで行った。
そこでそろって動きを止めた。
三十メートル下の谷底に、ヘンリー・トンプソンの不自然にねじれた血まみれの死体が横たわっていた。

44

十分後、機動隊員二名が絶壁を懸垂下降で谷底まで下りた。なかなかの手並みだった。
「スタンディッシュ刑事?」谷底の一人から無線連絡が入った。
「どうぞ」スタンディッシュが応じ

た。

「先に報告しておきます。転落して死んだんじゃなさそうですよ。撃たれてる」

スタンディッシュは一瞬言葉に詰まった。「了解」

ショウは驚かなかった。つぶやくように言った。「それで説明がつくな」

「何に」

「犯人が監禁の現場に戻る理由さ。『ウィスパリング・マン』は、単なる脱出ゲームではない。戦闘ゲームでもある」ゲームの設定をスタンディッシュにもう一度説明した。プレイヤー同士で協力することもできるし、殺し合うことも可能だ。ゲーム中のウィスパリング・マン、葬儀屋のようなスーツを着て中折れ帽をかぶった男はゲーム内をうろつく。気が向くと、プレイヤーを殺すこともある。

またウィスパリング・マンは、プレイヤーの背後からアドバイスをささやく《ウィスパー》。そのアドバイスはゲームを進めるのに役立つこともあれば、プレイヤーを惑わす嘘の場合もある。攻撃してくることもある。旧式な火打ち銃で撃ってきたり、喉を切り裂いたり、刃物を心臓に突き立てたりしてプレイヤーを殺す。画面が暗転し、不気味な音楽が流れるなか、ウィスパリング・マンはささやくような声で詩を暗唱する。

さよならを告げよう　人生に
友人に　恋人に　懐かしい家に

逃げろ　隠れろ　命を懸けて
ウィスパリング・マンから逃れるすべはない
さあ、尊厳を保って死ぬがいい……

〝ゲーマー〟はゲームのストーリーをそのまま追っているにすぎない。ソフィー・マリナーを監禁した現場に舞い戻ったのは、ソフィーを追い回すためだ。ここでも同じことをした。ヘンリー・トンプソンをしばらく一人で放っておき、ソフィーに脱出のチャンスを与えたように、助けを求める焚き火を熾す時間をトンプソンにも与えた。そしてころあいを見て戻ってきて、ゲームを終わらせた。
スタンディッシュは何も言わず、岩場の一角に集まっていた応援の機動隊員に合流した。ショウは岩棚に腰を下ろした。マディー・プールからメッセージが届いた。

私は仲間はずれなの？　ナイトは留置場？　あなたはまだちゃんと生きてる？

返信する気分ではなかった。それでも、いま警察と行動を共にしていることだけは伝えた。またあとで連絡すると付け加えた。
鑑識チームはまだ到着していなかった。鑑識チーム専用のヘリコプターなどあるはずもなく、いまごろ鑑識チームを乗せたバンが木材運搬道路を登ってきている――ハイウェイからここに来る近道はそれと別にあるが、犯人が現場に来るのに使ったと思われるその近道を汚染しないよう、わざわざ遠回りをしているのだ。しかし、捜査に役立ちそうなタイヤ痕を採取するのはまず無理だろう。木材運搬道路は大部分が落ち葉の分厚いカーペットで覆われており、ところどころに土の地面がむき出しの箇所があっても、太陽に焼かれて乾ききっているからだ。それに、ここまで慎重に慎重を期している犯人が、いまさら不注意なミスを犯すわけがない。

スタンディッシュと機動隊員は、現場そのもの――死体の発見現場と、犯人が五つのアイテムをトンプソンに残した松葉のカーペットのくぼみ――には踏みこまないようにしていた。少し離れたところから現場を観察しながら、仮にゲーマーがトンプソンに気づかれないようどこかから監視していたとするなら、それはどこだろうと周囲に目を走らせている。いまは誰もがプロに徹していた。わだかまりはとりあえず忘れ、この事件を解決することで新たな事件の発生を阻止しようと、それぞれが全力を尽くしている。

「犯人の奴、楽しくてしかたないんだろうな」捜査員の一人が苦々しげにつぶやいた。

「まだまだ続くぞ、きっと」

機動隊から、ショウをヘリコプターで待たせておいてはどうかと提案があった。民間人をいつまでも現場に置いておきたくないのだろう。しかしスタンディッシュが横から指摘した。ショウは銃を携帯していないうえに、敵が――さっきのピューマが――周辺をうろついていて危険だ。それに、犯人はすでに現場を離れたと断定することもできない。スタンディッシュの言い分にも一理あったが、隙がないわけではなかった。たとえば、ピューマにも充分に反撃できるマシンガンを持った機動隊員を一人、ショウと一緒にヘリコプターで待機させておけばすむことだ。スタンディッシュはおそらく、ショウを現場近くに置いておいて、何かあれば助言をもらいたいと思っているのだろう。しかし残念ながら、いまここでショウがアドバイスできそうなことは何一つなかった。

　トンプソンの死体を見下ろした。不幸な結末以外の何ものでもないとはいえ、野生の獣の牙や爪に引き裂かれて苦しまずにすんだこと、即死だったらしいことがせめてもの救いと思えた。トンプソンは額を撃たれていた。岩山で火を熾したあと、救助を待つつもりで、ビーフジャーキーなどが置かれていた場所に戻ってきたのだろう。そこで犯人が待ちかまえていた。トンプソンは逃げようとしただろう。だが、靴も靴下も履いていない足では逃げきれなかった。

　ショウは現場を離れ、切り立った岩の崖に近づいた。崖のすぐ手前で立ち止まる。岩壁を観察して、ロッククライミングによさそうだと思った。割れ目や出っ張りがよりどりみどりだ。垂直に近いところも多く、楽勝とはいかないだろうが、かといって絶対に無理というほどではない。ただし、岩が大きく張り出したところが一カ所あり、あのオーバーハングを乗り越えるにはあらかじめ戦略を練っておく必要がありそうだ。

　こうやって岩壁を上から見下ろすと、いつもなら無意識のうちに下りるルートを探し始めるところだが、いまは違った。

かといって、気の毒なヘンリー・トンプソンのことを考えているわけでもなかった。岩の壁と谷底の川岸を見下ろしているショウの脳裏に描き出されているものは、別の場所だった。

やまびこ山だ。

45

ロッジの床がきしむ音に気づいて、コルターは即座に目を開いた。

眠りが浅いのも父に教えられたからだと思うこともあるが、考えてみれば、それはありえない。おそらく持って生まれた才能だ。

十六歳のコルターはベッドの下に手を伸ばした。そこに愛用のリボルバーがある。拳銃のグリップを握った。親指をトリガーにかけて撃鉄を起こし、すぐに撃てる状態にする。

次の瞬間、母のシルエットが見えた。母メアリー・ダヴ・ショウは、ほっそりとした体つきをして、髪をいつも三つ編みにしていた。その母が部屋の入口に立っていた。ショウ一家は宗教と縁がない。コルターが母を聖人のような人だと思うようになったのは、大人になってからだった。母は夫のよい面に目を向け、自ら楯となって子供たちを悪から守った。夫のアシュトン自身をも守った。

母の本質は、優しさという衣で覆われていた。その衣の下に、鋼鉄の強さが隠されていた。

「コルター。アッシュがどこにもいないの。頼れるのはあなただけ」

コンパウンドの朝はいつも早い。しかしこのときの時刻は、早朝というより夜中に近かった。午前五時にもなっていない。部屋の入口に立っているのが母だとわかったあとも、コルターはパイソン357のひんやりとしたスティールとざらついたグリップから手を離さなかった。侵入者がいるのか?

しかし眠気が覚めるにつれ、母の顔に浮かんでいるのは不安であって、警戒ではないとわかった。コルターは拳銃をベッドの下に戻して起き上がった。

「アッシュは私が眠ったあと、十時ごろに出かけたの。それきり戻らないのよ。ベネッリを持って出たみたい」

父の愛用のショットガンだ。

コンパウンドでは、誰かが事前に計画を立てずにキャンプに出かけたり遠出したりすることはなかった。そもそもアシュトンがそんな時間から外出する理由はなく、しかも朝まで帰らないなどありえない。

誰にも知らせずに森に出かけるべからず。最低一人には行き先を伝えること。

そのころアシュトンの精神状態が不安定になりかけていたこともあり、メアリー・ダヴはアシュトンがちょっとした遠出をする際は、たとえ行き先がコンパウンド内であっても、かならず自分が同行するか、子供たちの誰かを一緒に行かせるようにしていた。

夫を一人きりでホワイトサルファースプリングスに行かせることは絶対になかった。アシュトンが銃を持ち歩くようになっていたせいもある。しかも二丁持っていった。一丁は車に置き、もう一丁は身につけて。それまでトラブルは起きていなかったが、メアリー・ダヴは、つねに家族が付き添っているほうが安心だろうと考えていた。まだ十三歳のドリオンでさえ、一触即発の事態に介入できる度胸と知性をすでに備えていた。

その日、アシュトンのほかにコンパウンドにいたのは、ドリオン、コルター、メアリー・ダヴの三人だけだった。兄のラッセルはロサンゼルスに行っていた。ラッセルはこの何年か後にいっさいの連絡を絶つことになるが、このころにはもう世捨て人になりかけていた。しかし、たとえラッセルがコンパウンドにいたとしても、メアリー・ダヴはコルターに助けを求めただろう。

「うちの家族の誰より追跡がうまいのはあなたよね、コルター。草に残ったスズメの呼吸の跡だってあなたなら見つけられる。あなたがアッシュを探して。私はここでドリオンについてるから」

「ほかには何を持っていった?」

「わかるかぎりでは何も」

五分後、コルターは夜明け前の荒野に出る装備を調えていた。十月のカリフォルニア州東部の天候は変わりやすい。そこで保温性下着にシャツを二枚重ね、その上にキャンバス地のジャケットを着た。下はジーンズに厚手の靴下。ブーツは、二年前、成長が止まったころから履き慣らしているもので、コットンのように柔らかな履き心地になっていた。念のため一泊用の荷物も用意した。着替え、懐中電灯、発煙筒、食料、水、寝袋、救急セット、長さ六十メートル分のロープ、懸垂下降の装具、弾薬。武器は二種類——ケイバーの十インチのアーミーナイフと、コルト・パイソン。四四口径のマグナムのリボルバーを愛用するアシュトンは、銃メーカーの謳い文句とは逆に、グロックのようなセミオートマチック銃は泥や水や転倒が原因で動かなくなりがちだが、リボルバーにはそういうことはないといつも言っていた。

「待って」メアリー・ダヴが言った。炉棚の前に立ち、壁の金具に針金で固定された箱を開け、いくつかある携帯電話の一つを取り、電源を入れてコルターに渡した。コルターが携帯電話に触れるのは二年ぶりだった。使ったことは一度もない。

持ち慣れない物体。禁断の品。コルターはそれも荷物に入れた。

手袋をはめ、引き下ろせばスキーマスクにもなるニット帽をかぶり、湿気を含んでひんやりとした戸外に出た。鼻の奥がつんと冷たくなった。ポーチの階段を下りるなり、最初の痕跡を見つけた。ロッジから野原へ、そしてその向こうからショウ家の敷地の外まで続いている森の奥へ続く小道は何本かある。そのうちの一つはふだん誰も使わないが、ついたばかりと見えるブーツの足跡がその小道に残っていた。コルターも見慣れた父の靴の跡だった。ただし、歩幅はいつもと違っている。のんびりと森の方角に歩いていた足跡ではない。間隔が開いていた。急いで歩いたということだ。何か目的があって急いだのだ。

その小道をたどっていくと、さらにいくつかの痕跡を見つけた。折れた草の具合からいって、父は五時間から六時間ほど前にここを通ったのだろう。小道には分岐が一つもなく、ほかの小道と交差することもないため、追跡は容易だった。アシュトンが確かにこの方角に向かったことを示す痕跡をときおり見つけて立ち止まりはしたものの、コルターは順調に距離を稼いだ。

ロッジから一キロ半ほど来たところで、柔らかい土の地面に別のブーツの足跡が見つかった。父の通った跡と平行に並んでいる。いつついたものかはわからない。遊びにきた父の友人――一家でベイエリアから逃げ出す前の時代の知り合い――が何カ月も前につけたものだとしてもおかしくなかった。友人が来ると、父は二人、あるいは三人で連れ立って日帰りトレッキングに出かけた。母が大学で教えていたころの同僚が来ることもある。

とはいえ、友人とのんびりハイキングをするようなルートとは思えなかった。谷底を這うように進む道で、景色がいいわけでも何でもない。それに、このあたりは歩くのに少し骨が折れる。勾配はきつく、岩や穴や砂利だらけの上り坂が延々と続いている。コルターは小道をたどった。父がここを通ったことを示す痕跡はそのあともいくつも見つかった。〝もう一人〟が通った痕跡も。

さらに進む。やがて分かれ道に来た。父は左に向かったようだ。とすると、目的地は一つしか考えられない。〝三日月湖〟だ。どちらから見るかによって、笑っているようにも、不機嫌そうにも見える湖。

二十分後、薄暗い湖畔に着いた。湖は、一番幅が広いところでも五百メートルほどしかない。空は明るみ始めていたが、湖は闇に沈んでいた。湖面は鏡のように穏やかだった。向こう側の岸は上がるとすぐ急斜面になっていて、そこを覆う森はぎざぎざした尾根まで続いている。父は反対岸へ渡ったのだろう。一家のカヌーが見当たらなかった。

なぜ湖を渡ったのだろう。向こうの岸には雑木林と岩しかないのに？

コルターは〝もう一人〟の足跡を探したが、見つけられなかった。そこで探索の範囲を広げると、ようやく見つかった。〝もう一人〟は湖の岸に立っていたようだ。アシュトンの姿を探したのかもしれない。そこからやまびこ山に登る急勾配の道を歩き出している。やまびこ山の頂上からなら湖を一望できる。アシュトンの姿も確かめられただろう。

土の地面は柔らかかった。〝もう一人〟の足跡はくっきりと残っていた。

もう一つ別のものも。

父の足跡だ。しかも〝もう一人〟の足跡の上に重なっている。

アシュトンは尾行に気づき、カヌーをどこかへ隠し、〝もう一人〟が小道を登り始めるのを待って、そのあとを追ったのだろう。

追う者と追われる者が逆転したのだ。

小道に残る痕跡はあまり新しくはなかった——二人が通ってから何時間か経過してい

た——が、コルターは焦りを感じ、足を速めて、三十度の傾斜のある小道を登った。小道は大岩のあいだを縫い、砂で覆われた小さな岩場を越えていた。シエラネヴァダ山脈の裾野に連なるごつごつした丘〝やまびこ山〟を登るのは、これが初めてだった。地形は急峻で険しい。やまびこ山は、コンパウンド内で唯一、子供たちが行くのを禁じられている場所だった。

しかしアシュトン・ショウは、自分を追ってきた何者かを追ってやまびこ山に登った。そしてアシュトンの息子もいま、やまびこ山を登っている。

十分後、コルターは息を切らしながら登頂を果たし、岩にもたれて息を整えた。手にはコルト・パイソンを握っていた。

木々と低木の茂みに覆われた山肌を見下ろす。左手——西の方角——には小さな森や岩場と洞窟が作る多層の迷路が広がっている。大きな洞窟にはクマが、小さな洞窟にはヘビがいるだろう。

反対側、東の方角は垂直に切り立つ崖になっている。落差三十メートルはありそうな岩の壁の真下は、干上がった川の岸だ。

前の年、獲物を視認できないまま茂みに弾を撃ちこみ、雄ジカにけがを負わせたハンターに遭遇したのは、その岸だった。

コルターは東の方角を見た。空が白み始め、シエラネヴァダ山脈の尾根の黒いシルエットがくっきりと浮かび上がっていた。まるでぎざぎざの歯が並んでいるようだった。

父の足跡は？ もう一人の足跡は？ どこにもなかった。頂上は岩と砂利だらけで、何の痕跡も見分けられない。

朝日が山々の向こうから顔をのぞかせ、やまびこ山の岩肌や森をオレンジ色に染めた。

その光が、五十メートルほど先の地面にあるつややかな何かをきらめかせた。

ガラスか。金属か。この時期ならもう氷が張ってもおかしくはないが、光る物体は松葉の絨毯《じゅうたん》が敷かれた一角にある。そんな場所に水たまりができて凍るとは思えない。

コルターはそちらに歩き出しながら拳銃の撃鉄を起こし、銃を構えた。コルト・パイソンは重い。一・二キロ近くある。しかし、このときはその重量をまるで意識しなかった。光に向かって歩きながら、左手の森に警戒の目を走らせた。右方向から襲われる心配はない。そちらにある危険は、高低差三十メートルの崖だけ、下の川岸に転落することだけだ。

光る物体の手前六メートルに近づいたところで、それが何なのかがわかった。立ち止まり、周囲に視線を巡らせた。しばし動きを止めた。それから、ゆっくりとまた歩き出した——その物体を避けるように弧を描いて。そして崖のへりに立った。

下を見るなり、銃を携帯電話に持ち替えた。フリップを開いて、どうやって使うのだったかと一瞬考えた。それから、何年も前に記憶に刻みつけた番号に電話をかけた。

あれから十五年後のいま、コルター・ショウは、岩の配置がやまびこ山にそっくりな崖を見下ろしていた。

ヘンリー・トンプソンが横たわった周囲に張り巡らされた黄色い立入禁止のテープ。ホンソンのゲームのゴーグルにあったボタンを思い出す——人を生き返らせるボタン。リセット……

到着したばかりの四人組が三日月形をした丘のてっぺんを越えてゆっくりとやってくるのが見えた。大型のケースを持ち、あるいは引いている——職人の工具入れのようなケースだ。JMCTFの鑑識チームのメンバーは、そろいの青いカバーオールを着ていた。フードは下ろしてある。今日の気温はさほど高くないが、照りつける陽射しは容赦がなく、汚染防止のカバーオールで全身を覆っていたら、そう長く我慢していられないだろう。

スタンディッシュが来てショウに水のボトルを差し出した。ショウは受け取って半分を一気に流しこんだ。こんなに喉が渇いていたとは自分でも気づかずにいた。「あとは鑑識チームと監察医にまかせる。急いで戻る必要もないから、帰りはバンに乗せてもらうつもり。いまはヘリコプターに乗りたい気分じゃないし」

ショウも同感だった。

スタンディッシュは崖の向こうを見つめていた。やがて訊いた。「さっきのピューマ。あれから見かけた？」

「いや」

上《うわ》の空《そら》といった風で、スタンディッシュは続けた。「この前、パロアルトでも二頭、目撃された。『イグザミナー』のサイトに記事が載ってた。セーフウェイの駐車場で、子猫みたいに遊んでたんだって。そのあと森に逃げこんで、それきり。取材された人がこう言ってた。〝姿が見えないピューマは、姿が見えているピューマより怖い〟。それって、人生にもそのまま当てはまるわよね、ショウ」

ショウの携帯電話が振動した。届いたメッセージに目を通す。

ショウは崖の下を見つめて一瞬迷った。それから返信を送った。

携帯電話をポケットにしまって、スタンディッシュに告げた──事情が変わった、ヘリコプターで街に戻ることにする。

46

午後六時、コルター・ショウはふたたびクイック・バイト・カフェに来ていた。

瓶ビールをかたむけ、ごくりと大きく飲む。旅先ではかならず地ビールを試すことにしていた。シカゴなら、グース・アイランド。南アフリカならウムクォンボティ。これはひどいにおいと見た目だが、アルコール度数三パーセントと低めで、ぐいぐい飲めてしまう。ボストンではハープーン──といっても地ビールの銘柄であって、注射器《ハープーン》で麻薬を打つわけではない。

サンフランシスコのベイエリアなら、アンカースティームで決まりだ。今日は店に出ているティファニーは、ショウのテーブルにビールを運んできてウィンクをし、店のおごりだと言った。

ビールをテーブルに置いてしばし目を閉じた。ヘンリー・トンプソンの死体が浮かぶ。さまざまな色合いを帯びて広がった血。やまびこ山の谷底のあの川岸と同じ白く平らな岩を染めていた血。

懸賞金ハンターを始めて十年になるが、ショウはほとんどのケースで成功を収めてきている。決して完璧とは言えないが、悪くない成績だ。

成功をパーセンテージで語ることもできるだろう。しかし、計算したことは一度もなかった。それは軽薄なことと思える。冒瀆に感じた。

記憶に残る勝利もいくつかある——とりわけ難しかったケース、危険だったケース。我が子や配偶者が行方不明になって人生そのものが破壊され、家族には焦りと絶望だけが残されていたケース、しかしタイムトラベル映画のラストシーンで時が巻き戻り、悲劇が奇跡のごとく取り消されるように、ショウが家族の壊れた人生を元のとおりに修理して返したケース。

しかしそれ以外の仕事は、どれも仕事でしかなかった。業務。案件。配管工や会計士の仕事と変わらない。終わったとたんに脳の奥底に埋もれていき、そのまま二度と思い出さないものもあれば、のちのち必要に応じて参照できるよう分類されてしまわれるものも数少ないながらある。

では、失敗した仕事は？　これは決して忘れない。

この仕事もその一つになりそうだ。ヘンリー・トンプソンの捜索に懸賞金が設けられていなかったという事実は関係ない。なぜなら、コルター・ショウの目当ては金ではないからだ。懸賞金に意味を見いだすのは、それがほかの誰もまだ成功していないチャレンジを示すスポットライトだからだ。肝心なのは、子供を見つけること、認知症のために帰り道がわからなくなった高齢の親を探すこと、逃亡犯を連れ戻すことだ。肝心なのは、命を救うことだ。

ソフィー・マリナーは無事に保護できた。しかしそれは慰めにもならない。カイル・バトラーは死んだ。ヘンリー・トンプソンも死んだ。こういうとき、焦燥は大きくふくらみ、一人の人間のようにショウにつきまとう。すぐ後ろをついてくる。ちょうどウィスパリング・マンのように。

甘さとこくのあるビールをまた少し口に含む。アルコール分よりも、その冷たさが心地よい。だが、そのどちらも心を癒す薬にはならなかった。

注文カウンターに行き、ティファニーにテレビのリモコンを貸してくれと頼んだ。バーカウンターの上に設置されたテレビのチャンネルを変えたかった。ティファニーがリモコンを差し出す。テレビ番組について短い会話をかわしたが、テレビを見ないショウは聞き役に徹するしかなかった。ティファニーはショウともっと話したそうだったが、そこで別の客が注文していた料理ができあがった。ティファニーは料理を運んでいき、ショウは安堵して自分のテーブルに戻った。誰も見ていないスポーツ中継から――クイック・バイト・カフェの客にスポーツ好きはゼロと思っていい――ローカルニュースのチャンネルに変えた

サンタクルスで小さな地震が発生した。賄賂《わいろ》を使って永住ビザを手に入れたらしいという噂は嘘だと主張して、労働組合の指導者が辞任を拒んでいる。ハーフムーンベイでクジラが救助された。再選を目指していたカリフォルニア州選出の緑の党の議員が、数年前にタホ湖近くのスキーリゾート施設に放火して全焼させた環境テロ組織から支援を受けていると報じられ、出馬を取りやめると表明した。その議員本人はテロ組織との関係を否定している。「嘘が一人の人間のキャリアを破綻させることがある。今回のことはまさにそれで……」

ショウが関心を失いかけたころ――「では、地元の最新ニュースをお伝えいたします。今日、サニーヴェール在住のブロガーで性的少数者人権活動家の男性が、ビッグベースンレッドウッズ州立公園で遺体で発見されました。警察の発表によりますと、ヘンリー・トンプソンさん、五十二歳は、昨夜、スタンフォード大学で行われた講演のあと帰宅途中に誘拐され、州立公園に運ばれて殺害されたと思われます。動機はまだわかっていません。JMCTF、サンタクララ郡重大犯罪合同対策チームのスポークスパーソンは、今月五日にマウンテンヴューで発生した女子学生誘拐事件との関連を捜査中と話し

ています。五日の事件では、ソフィー・マリナーさん、十九歳が誘拐されましたが、二日後にJMCTFによって無事救出されました」

次のニュースに切り替わる前に、ホットラインの番号が画面下のテロップに表示された――トンプソンが拉致された時間帯に拉致現場付近を通りかかった、あるいは今日ビッグベースンレッドウッズ州立公園にハイキングに出かけた方は、こちらの番号に連絡を。

そのとき、ショウの背後、クイック・バイト・カフェの店内から女性の甲高い声が聞こえて、ショウの思考は唐突に断ち切られた。

「でも、あたしはメッセージなんか送ってないし。そもそもあんたがどこの誰だか知らないし」

ショウを含め、何人かの客が辛辣な言葉の聞こえたほうを振り返った。二十歳くらいのきれいな女性だった。テーブルにマックのパソコン、片手にコーヒーのマグ。長い栗色の髪の毛先だけを紫に染めていた。モデルや女優のような出で立ちだ。ブルージーンズは肌に吸いつくようにスリムで、ところどころにわざと破れ目を作ってある。白いTシャツはゆったりしたオフショルダーのデザインで、肩口から紫色の下着のストラップが見えていた。爪は海のような青、アイシャドウは落ち葉のような色合いだ。

その女性のすぐ目の前に、同年代とおぼしき若者が立っていた。ファッションの傾向は女性と正反対だった。穿き古されたバギーなカーゴパンツ、体格に合わない赤と黒の格子縞のシャツ。サイズが合っていないせいで、身長百七十五センチあるかないかの痩せ型の体格がますます貧相に見えた。まっすぐな髪はあまり清潔そうではなく、自分で切ったか、母親や姉妹に切ってもらったかのようなスタイルになっている。濃い眉毛は大きな鼻の上でつながっているように見えた。ショウのパソコンの二倍くらい厚みがありそうな大型の灰色のノートパソコンを両手で持っている。人目を意識してのことだろう、顔は真っ赤に染まっていた。目には怒りも浮かんでいた。「でも、きみが〝Sherry38〟だろ?」若者は首を振った。「『コール・トゥ・アームズⅣ』でチャットしたじゃないか。このカフェにいるって言っただろ。僕は〝BradH66〟だよ」

「あたしはシェリー何とかじゃないんだってば。あんたがどこの誰なのか見当もつかない」

若者は声をひそめた。「僕に会ってみたいって言ったじゃないか。言ったよな！ だから来たんだよ。でも、僕の見た目が気に入らなかったから知らないって言ってる。そういうことだろ？」

「ちょっと待ってよ。あたしが『コール・トゥ・アームズ』なんかプレイするような引きこもりに見える？ どっか行ってよ、うっとうしい」

若者は店内をさっと見回した。それからあきらめたように注文カウンターに行った。

インターネット時代ならではの災難だ。あの若者は、かわいそうに、いじめっこにではめられたのだろうか。ショウはマディー・プールが話していた〝スワッティング〟

行為のことを思い出した。マーティ・エイヴォンは、ゲーム会社のサーバーはしじゅうハッキングされていると言っていた。

それとも、あの若者が主張しているとおりなのだろうか。オンラインで送られてきた自己紹介と、実際に現れた若者のオタクっぽい見た目の落差が大きすぎて、デートする気が失せたということか。

若者は注文と支払いをすませ、針金でできた番号札スタンドを受け取って奥のテーブルに行き、椅子にどさりと腰を下ろしてノートパソコンを開いた。大きなヘッドフォンをつなぎ、猛然とキーを叩き始めた。顔はまだ真っ赤で、何やら独り言をつぶやいていた。

ショウはノートを取り出し、万年筆のキャップをはずした。記憶を頼りに、ヘンリー・トンプソンの殺害現場の見取り図をスケッチした。ショウの迷いのない手は、五分ほどで図を描き上げた。いつものように右下の隅にイニシャルを書きこむ。インクが乾くのを待ちながら、ふと顔を上げると、マディー・プールが店に入ってきたのが見えた。二人の目が合った。マディーが微笑む。ショウはうなずいた。

「あら珍しい」マディーが言った。おそらくショウの姿勢のことを言っているのだろう。ショウは椅子の背にもたれ、足を前に投げ出していた。エコーの靴の爪先は天井を向いている。

まもなくマディーの笑みは消えた。ショウの顔をまじまじと見る。とくに彼の目をのぞきこむようにしていた。

マディーは椅子に座り、ショウのビールを取って飲み口を唇につけた。一口大きく飲む。

「おかわりをおごるわね」

「いや、かまわないさ」ショウは言った。

「何かあった？　先に言っておくけど、〝別に〟はやめてね」

トンプソンが殺害されたことは、メッセージでも電話でも伝えていなかった。

「二番目の被害者を救えなかった」

「コルト。そうだったの。あ、待って。ひょっとして州立公園で見つかった遺体というのがそう？　撃たれて死んでたって男性？」

ショウはうなずいた。

「今度もまた『ウィスパリング・マン』の再現？」

「警察はまだその情報を公表していない。捜査がどこまで進んでいるか、〝ゲーマー〟に悟られたくないからね」

「ゲーマー？」

「警察がつけたニックネームだ」ショウはビールを飲んだ。「トンプソンを山のなかに運び、五つのアイテムとともに置き去りにした。意識を取り戻したトンプソンは、救難信号代わりに火を熾した。それで居場所がわかった。しかし〝ゲーマー〟は現場に舞い戻ってトンプソンを追いつめて殺した。それもゲームのシナリオのうちだった」

マディーは見取り図を見た。次にショウの目を見て眉を寄せた。この見取り図は何かと訊いている。ショウはよく自分で見取り図を描くのだと説明した。

「うまいのね、絵」

ショウの目は、見取り図のなかの崖の下、ヘンリー・トンプソンの死体が発見された位置をたまたま見ていた。ノートを閉じてバッグにしまった。

マディーがショウの腕に手を置いた。「残念だったわね。ところで、トニー・ナイトはどうだった？　まだその話をしてくれてないじゃない？　心配してたのよ、連絡がなかったから」

「急展開があってね。ナイトについては、私の読みが間違っていた。ナイトは関係ない。それどころか、捜査に協力してくれた」

「警察には犯人の目星がついてるわけ？」

「まだだ。私なら、おそらくソシオパスの犯行だと言うだろうな。こんな事件は初めてだ――ここまで手間暇かけてゲームを再現するとはね。うちの母の患者にはそういう人間が一人や二人、いたかもしれないが」

「お母さんは精神科医だって言ってたわよね」

ショウはうなずいた。

メアリー・ダヴ・ショウは触法精神障害者の薬物治療の研究に深く関わっていたし、

研究代表者として、カリフォルニア大学などの教育機関に多額の研究資金を送りこんでいた。

ただし、それは研究者のキャリアの初期のこと――カリフォルニア州東部に移住する前のことだ。移住を境に、母の仕事はホワイトサルファースプリングス周辺で家庭医や助産師として働いたり、偏執性人格障害や統合失調症の医薬管理をしたりすることに限定されるようになった。しかも後者の対象患者はアシュトン・ショウ一人だけだった。

父について、ショウはまだマディーにほとんど何も話していなかった。

マディーが訊く。「警察は懸賞金を出したの?」

「どうだろう、聞いていないな。興味もない。私はただ犯人を捕まえたいだけだ。それに――」

ショウの言葉はそこで途切れた。マディーがふいに身を乗り出し、力強い両手で彼のジャケットを引き寄せ、キスをしたからだ。舌が分け入ってくる。

彼女の味がした。かすかな口紅の味。口紅は塗っていないように見えたのに。ミントの味もした。ショウはそのキスに情熱的に応えた。

ショウは彼女のうなじに掌をすべらせた。指を開いて豊かな髪にからめる。彼女を引き寄せた。さらに近く引き寄せる。マディーが体重を預けてきて、乳房がショウの胸に押し当てられた。

二人は同時にしゃべり出そうとした。

マディーは人差し指を彼の唇に当てた。「先に言わせて。私、ここからたった三ブロックのところに住んでるの。あなたは何て言おうとしてた？」

「忘れた」

47

移動生活を続けているショウは、身の回り品が少ない。それでも、マディー・プールが借りている部屋を見ると、ウィネベーゴはひどく散らかっているように思えた。

ここが一時的な住まいだからという理由はもちろん大きいだろう。この部屋に住んでいるといっても、Ｃ３ゲームショーの期間中だけで、マディーはふだん、ロサンゼルスで暮らしている。それにしてもこれは……

ものが少ない印象をいっそう加速している要因が一つ。この古びた家はとにかく巨大だ。寝室は五つある。ひょっとしたらもっと。ダイニングルームは洞窟のように広く、リビングルームでは結婚披露宴が開けそうだった。

その広い家に、所持品は数えるほどしか置かれていなかった。テーブル一つをほぼ占領している、大型のデスクトップパソコン。三十インチくらいありそうな大きなディスプレイ。デルのパソコンの左右にエンドテーブルの代わりに置かれた厚紙の箱に、本や雑誌、ＤＶＤ、ゲームカートリッジの箱などが入っていた。パソコンの前にオフィスチェアが一脚。そして周囲には、ゲーム会社のロゴ入りの袋が山ほどあった。ゲームショーで配られたものだろう。

部屋の片隅に、使いこまれたマウンテンバイクが一台。ブランドはサンタクルズだった。ショウは自転車には乗らないが、ハイキングや登山の途中で自転車とすれ違うことは多い。このブランドの自転車は一台九千ドルくらいするはずだ。ほかに十キロのウェイトやゴムのトレーニング用バンドもあった。

右側の寝室に、ダブルサイズのマットレスと下に置くボックススプリング。その上のシーツはマットレスの下にたくしこまれておらず、緩慢なハリケーンのように渦を巻いていた。

リビングルームには質素なベージュのソファと、フランク・マリナーの家の脚の折れたテーブルのほうがスタイリッシュだったと思えてくるようなコーヒーテーブルがあった。焦げ茶色の積層材のテーブルトップは、端が反り返っていた。

キッチンを見ると、もともと造りつけられていたガスレンジ、冷蔵庫、オーブンと電子レンジはあるが、それ以外の家具や調理器具は一つもない。カウンターにコーンフレークの箱と白ワインが二瓶、それにコロナビールの六本パックがある。

この巨大な家は、おそらく一九三〇年代に建築されたものだろう。ペンキを塗り直したり修理したりしたほうがよさそうなところばかりが目につく。あちこちに水漏れの跡があり、壁のしっくいがひび割れているところが数十カ所はありそうだった。

「『アダムス・ファミリー』に出てきそうな家でしょ」マディーはそう言って笑った。

「言えてるね」

去年のハロウィーンに、ショウは姪を連れてアミューズメントパークに出かけた。そこのお化け屋敷がまさにこんな建物だった。

マディーは説明を続けた。この家はA：ｉｒｂｎｂの類のサービスを通して見つけた。空いていたのは、残り日数が少なかったから――来月には取り壊されることが決まっているからだ。シリコンヴィル開発計画の影響らしい。染みだらけの壁紙は、水色の地に濃い色の小花柄で、点描画で何か描いてあるように見えて落ち着かない。

「ワイン？」

「コロナをもらうよ」

マディーは冷蔵庫から冷えたコロナを取り、自分の分のワインを背の高いグラスに注いでソファに戻ってくると、ビールをショウに渡して、ソファに腰を下ろした。ショウも座った。二人の肩が触れ合った。

「で……？」マディーが言った。

「交際相手がいるのかどうかという質問かな？」

「ハンサムな上に、心も読めるみたい」

「もし誰かいるなら、いまここに来ていないさ」

乾杯のしぐさをした。「男の人はたいがいそう言うものだけど、あなたのことは信じるわ」

ショウは熱のこもったキスをした。ふたたびうなじに掌を這わせる。赤い錆のような髪の柔らかさに驚いた。もっと腰がありそうに見えた。マディーがキスに応えながらもたれかかってきた。彼女の唇が彼の唇と戯れる。

マディーはワインを大きく一口あおった。ワインが跳ねてソファを濡らした。

「あっといけない。敷金が返ってこないかも」

ショウはマディーの手からグラスを取ろうとした。マディーはもう一口だけ飲んでから渡した。グラスとコロナの瓶は、コーヒーテーブルの古びて波打つ天板に置かれた。キスはますます熱を帯びた。マディーはあぐらをかくようにしていた脚を伸ばし、クッションに体を預けた。ショウの右手は彼女の髪から耳へ、頬へ、首筋へと伝った。

「寝室に行こうか」ショウはささやいた。

マディーはうなずき、微笑んだ。

立ち上がって寝室に向かった。入ってすぐにショウは靴を脱いだ。マディーは途中で向きを変え、リビングルームとキッチンの明かりを消しにいった。ショウはベッドに腰を下ろして靴下を脱いだ。

「おもちゃがあるの」寝室の入口のリビングルーム側に広がった暗闇のどこかから、マディーの誘惑するような声が聞こえた。

「いいね」ショウは言った。

入口に現れたマディーは、ホンソンの『イマージョン』のゴーグルを着けていた。

「やったわ、コルター。知り合って二日になるけど、笑ってくれたのってたしか初めて」

マディーはゴーグルをはずして床に置いた。

ショウは手を伸ばして彼女を引き寄せた。唇に、タトゥーに、喉に、乳房にキスをした。彼女をベッドに誘う。マディーが小さな声で言った。「明かりを消したいタイプなの。かまわない？」

できればつけたままがいいが、この際どっちだってかまわない。

ショウはベッドの上で横を向き、安物のランプの明かりを消した。仰向《あおむ》けに戻ったとたん、マディーが体を重ねてきて、二人はボタンやジッパーをはずし始めた。

そのあとに続いたのは、当然のことながら、サバイバルゲームのごとき熱戦だった。

勝負は引き分けに終わった。

48

そろそろ真夜中になる。

コルター・ショウはベッドを抜け出してバスルームに入った。明かりをつけたとき、あわててシーツを首もとまで引き上げるマディーの様子が視界の隅をかすめた。

明かりを消す理由はそれか。C3ゲームショーで見かけた女性の大部分はタンクトップや半袖のTシャツを着ていたのに、マディーがスウェットやパーカなど長袖の服を好む理由もきっとそれだ。

一瞬だけ見えたマディーの体には、大きな傷痕が三つか四つあった。

そういえば、彼の手や唇が這い回っているとき、マディーは腹部や肩やももの特定の場所からさりげなく彼をほかへと誘導した。

事故にでも遭ったのだろう。

クイック・バイト・カフェから車二台を連ねてここに来たとき、マディーの運転はかなり荒かった。制限速度を三十キロ近くオーバーすることもあって、何度か速度を落としてショウが追いついてくるのを待ったくらいだった。交通事故に遭うか、自転車で転倒するかしたのだろう。

タオルを腰に巻き、ドアを開ける前に明かりを消して、バスルームを出た。ベッドには入らずにキッチンに行き、冷蔵庫から水のボトルを二つ持って戻る。一つをマディーに差し出す。マディーは受け取って床に置いた。

ショウは水を少し飲んだあと、くたびれたマットレスに横になった。部屋は真っ暗というわけではなく、ショウがキッチンに行っているあいだにマディーはスウェットシャツを着たらしいと見て取れた。スウェットシャツの前に何か文字が並んでいるが、それは読み取れなかった。座った姿勢でメッセージをチェックしている。携帯電話の画面がマディーの顔を照らし、亡霊のように浮かび上がらせていた。それ以外の明かりは、リビングルームの大型ディスプレイのスクリーンセーバーのほのかな光だけだった。

ショウは起き上がってマディーに寄り添った。指先でタトゥーにそっと触れた。

いつか教えてあげる。たぶんね……

マディーが体をこわばらせた。他人は気づかないくらい、ごくわずかに。

それでも、気づけば無視できない程度に。

ショウは少し離れて座り直し、枕を背中に当てた。似たような経験は何度もしてきたから——どちらの立場になったこともある——理由を尋ねてはいけないことを知っていた。急いで発せられる言葉はたいがい、言葉を交わさない場合よりも関係に悪影響を及ぼす。

枕に頭を預け、天井を見上げた。

しばらくして、マディーが言った。「エアコン、うるさいわよね。ふだんからものすごい音なの。それで目が覚めた？」

「眠ってはいなかったよ」エアコンの音には気づいていなかった。だが、言われると気になった。たしかにやかましい。

「苦情を言いたいところだけど、あと数日の我慢だから。この家も来月には解体されてなくなるわけだし。シリコンヴィルの開発とやらで」

二人は黙りこんだ。うなり声を轟かせているエアコンがいま、ふいに第三の人物のように思えた。

「ねえ、コルト。ごめんね……」マディーは、言葉を一つ選んでは、これではないと思い直して捨てているような顔をしていた。しばらくしてようやく適切な言葉を見つけたらしい。「私、〝ビフォア〟は得意なのよ。〝その最中〟もわりと得意なほうだと自分では思ってる」

それは事実だった。しかしショウの行動規範は、いまは返答せずに先を聞けと厳命した。

「でも〝アフター〟は……あまり得意じゃなくて」

いま彼女は涙を拭わなかったか？　いや、目の前に落ちてきた髪をいじっただけのことだ。

「大したことじゃないの。もう二度と会いたくないから消えてとか、そこまで言いたいわけじゃないのよ。ただ、どうしてもこういう風になっちゃうの。毎回かならずってわけじゃない。基本がこうってだけ」マディーは咳払いをして続けた。「あなたはラッキーよ。水を持ってきてくれたことにむっとしちゃっただけだから。だってその勢いで、うちの家族に会わせたいんだとか言われちゃったら困るでしょ。私はいつでもいい子ちゃんにしていられるとはかぎらないし」

「うまい水なのに。飲まないなんてもったいない」

マディーは肩を丸め、右の人差し指に髪を巻きつけた。

ショウは言った。「ここで私が、私たちには共通点が多いようだと言い出すと、きみはさらに腹を立てるんだろうな」

「いやな奴。そうやって優しくするの、いいかげんにやめてよ。玄関から放り出したくなる」

「な？　言っただろう、私たちには共通点が多い。私も〝アフター〟は得意ではないんだ。昔からそうだ」

マディーの手がショウの膝をきゅっと握った。その手はすぐに引っこめられた。

ショウは言った。「子供のころ、きょうだいが二人いた。性格は三者三様だった。一番上のラッセルは孤独好き。末っ子のドリオンは要領がよかったな。真ん中の私は、どうしても一つところにじっとしていられなかった。子供のころからそうで、いまだに変わらない」

マディーの唇から漏れた笑い声は、聞き逃しそうなくらい小さかったが、笑い声であることには変わりなかった。「ねえ、コルター、私たち、クラブを創設するといいかも」

「クラブ？」

「そう。二人とも、〝ビフォア〟と〝最中〟は得意だけど、〝アフター〟はからきし苦手。だから、〝ネヴァー・アフター・クラブ〟」

ツボにはまった。

べからず《ネヴァー》大王……

だが、マディーには言わなかった。

「そろそろ帰るよ」ショウは言った。

「だめよ。疲れてるでしょ。こんなの、もめ事のうちにも入らない。ただし、明日のお昼までぴったりくっついて寝て、美術館に電車で行って、ブランチにワッフルを一緒に食べようなんて言い出さないでもらいたいけど」

「そういう展開になる可能性は、そうだな、ゼロパーセントといったところか」

マディーは微笑んだ。先のことはわからないけど、とにかく楽しかったわというような笑みだった。「丸くなるなり手足を伸ばすなり、あなたはここで好きにしてて」

「きみは……？」

「ちょっと行って、エイリアンをやっつけてくる。ほかに何があるの？」

レベル3

沈みゆく船

六月九日　日曜日

49

「我々は事故だと考えています。それ以外に説明がつきません」

コルター・ショウはマディー・プールの乱れたベッドで目を覚ました。視線の先に天井の扇風機があった。ヤシの葉をかたどったデザインで、羽の一枚が垂れ下がっていた。部屋は暑かったが、あの扇風機を動かすのはあまり賢明な考えとは思えない。

事故……

マディーはベッドにいなかった。リビングルームでエイリアンを殺したり半身不随にしたりしているわけでもなかった。巨大な家がきしむ。それは家そのものが立てる音で、住人が動き回る気配ではなかった。

マディーは〝ネヴァー・アフター〟の合意を真剣に受け止めたようだ。

時刻はまもなく午前四時になるところだった。

眠ったと思ったのは錯覚だった。悪夢を見たのだろうか。そうかもしれない。おそらくそうだろう。ホワイトサルファースプリングスのロイ・ブランシュ保安官の声が幾度となく聞こえたのだから。

「我々は事故だと考えています。それ以外に説明がつきません」

アシュトン・ショウの死に関して、郡の監察医の意見も同じだった。アシュトンは足をすべらせ、やまびこ山の東側の崖から転落し、三十メートル下の干上がった川の岸に叩きつけられた。十五年前の十月五日早朝、薔薇色に輝く朝焼けの空の下、コルターは谷底に横たわっている死体を発見した。懸垂下降で崖を下りた。あれほど急いだことはほかにない。父を救いたい一心だった。当時は知らなかったが、あの高さから落下すると、最高時速百キロにも到達するという。時速七十キロから八十キロを超えたら、人間はまず助からない。

アシュトンが死んだのは、発見の六時間ほど前と推定された——午前一時だ。ブランシュ保安官は、季節はずれの霜がついてすべりやすくなった濡れ落ち葉が何枚かたまっている箇所を崖の上で発見した。傾斜も考え合わせると、アシュトンはそこで足をすべらせて転落したと思われた。

あの日、朝日を反射していた物体は、ベネッリのショットガン〝パシフィック・フライウェイ〟のクローム仕上げの尾筒だった。ショットガンは崖の際から三メートルほどの地面に落ちていた。足をすべらせたアシュトンがとっさに近くの木の枝をつかもうとし、その拍子にそこに放り出されたのだろう。

ただ、誰ひとり口には出さなかったが、別の可能性も考えられた——自殺だ。

しかしコルターは、どちらの仮説にも穴があると思った。事故？　二〇パーセント。

自殺？　一パーセントだ。

アシュトンはサバイバリストで、アウトドア好きだった。足を載せたらすべりそうな落ち葉くらい、ハイキングの際につねに頭に置いて注意すべき危険の一つにすぎなかったはずだ。たとえば、池に張った氷に乗っても大丈夫か、クマの足跡はどのくらい前についたものか、その足跡から逆算するとクマはどのくらいの大きさか、そういったことにつねに注意を払うのと変わらない。

自殺説についていえば、アシュトン・ショウの核をなすのは生き残り《サバイバル》だった。その父が自ら命を絶つなど、コルターには想像さえできなかった。精神の病？　それは否定できない。しかし、父の精神がどこまで破綻していたとしても、病の根っこは被害妄想にあった。父は敵から身を守ることに取り憑かれていた。しかも一二ゲージのショットガンを携帯していたのだ。自殺するなら、パパ・ヘミングウェイのように、愛用の銃を使わなかったのはなぜだ？　なぜ崖を転がり落ちるような真似をした？　それでかならず死ねるとはかぎらないのに？　コルターはそれについて母と意見を交わした。母も息子と同じように、自殺ではありえないと確信していた。

というわけで、あれは事故だった。

世間に向けては、そういうことになった。

だが、コルター・ショウは納得しなかった。八〇パーセントの確率で父は殺されたと確信した。犯人は〝もう一人〟だ。ロッジからアシュトンを尾行し、途中で――三日月湖でアシュトンのカヌーのトリックに引っかかって――尾行される側になった人物。二人はやまびこ山の頂上で対峙した。格闘があった。殺人者はアシュトンを崖から突き落とした。

しかしコルターは、警察には黙っていた。誰にも話さなかった。とりわけ母には何も言わなかった。

なぜか。理由は単純だ。〝もう一人〟は兄のラッセルではないかと疑っていたからだ。

アシュトンは影に包まれた人物を追って岩だらけの尾根を登ったのだろう。銃の狙いをその背中に定めただろう。おまえは誰だと訊いただろう。ラッセルは振り返り、アシュトンは尾行していたのが我が子だと知って衝撃を受けただろう。驚きのあまり、銃口を下げただろう。

ラッセルは銃を奪い取って放り投げ、父を崖から突き落とした。

とてもありそうにない話だ。息子がなぜ父親を殺す？

コルター・ショウは、動機があることを知っていた。

父が死ぬ一月《ひとつき》前、メアリー・ダヴが家を空けたことがあった。母の妹エミリアが病に倒れ、入院しているあいだ、義弟と姪や甥の世話をするためにシアトルに長期滞在した。夫の精神の危うさを誰よりもよく知っていた母は、カリフォルニア大学ロサンゼルス校の大学院で学んでいたラッセルをコンパウンドに呼び戻し、自分の留守のあいだ弟や妹の面倒を見てくれと頼んだ。コルターは十六歳、ドリオンは十三歳だった。

当時二十一歳だったラッセルは、その名の由来となった探検家そっくりにひげをたくわえ、黒っぽい髪を長く伸ばしていたが、服装は都会的にあかぬけていた。スラックス、ドレスシャツ、スポーツコート。兄が到着して、兄とコルターはぎこちない抱擁を交わした。ふだんから寡黙なラッセルは、ロサンゼルスでの生活ぶりを尋ねても答えをはぐらかした。

ある夜、窓の外をながめていたアシュトンが末の娘ドリオンに言った。「卒業にうってつけの夜だな、ドリオン。カラス谷に行くぞ。支度をしなさい」

ドリオンは凍りついた。

コルターは思った。ドリオンはもう〝おチビちゃん〟ではないのだ。アシュトンのなかで娘はもうおとななのだ。

「アッシュ、もう決めたの。あたし、行きたくない」ドリオンは平板な声で言った。

「おまえならやれるさ」アシュトンは穏やかな声で言った。

「やめろ」ラッセルが横から言った。

「おまえは黙っていろ」アシュトンは低い声で言い、手を振って息子を黙らせた。「いいか、よく聞きなさい。いざ連中が来たとき、〝そんなことはしたくない〟などと言ったところで何の役にも立たないのだよ。いやでも泳がなくてはならないだろう。走らなくてはならないだろうし、戦わなくてはならないだろう。同じように、いやでも登らなくてはならないだろう」

〝卒業〟とは、アシュトンが設定した通過儀礼だった。カラス谷の底から垂直にそびえる崖を、夜間に自分の力だけで登る。

アシュトンが言った。「兄貴たちはやったぞ」

問題はそこではなかった。コルターとラッセルは、十三歳のとき、自ら望んでカラス谷に行き、崖を登りきった。しかしドリオンは望んでいない。アシュトンがメアリー・ダヴの留守を狙ってこの話を持ち出したことにコルターは気づいていた。メアリー・ダヴは夫を支え、楯となって夫を守っていた。しかし、メアリー・ダヴは夫の妻であるだけでなく、夫の精神科医でもあった。だから、メアリー・ダヴの前では決してできないことがアシュトンにはあったのだ。

「今夜は満月だ。風はないし、氷も張っていない。タフさで妹は兄貴たちに負けていない」アシュトンはそう言ってドリオンの腕を引いて立ち上がらせた。「ロープと装具を持ってこい。着替えをしろ」

するとラッセルは立ち上がり、父の手を妹の腕から払いのけると、低い声で言った。

「やめろ」

そのあとに起きたことは、コルターの記憶に鮮やかに焼きつけられている。

アシュトンはラッセルを押しのけてドリオンの腕をふたたびつかんだ。よく訓練されていたラッセルは、目にも留まらぬ速さで掌の付け根を父の胸に叩きつけた。アシュトンは愕然とした様子で後ろによろめいた。同時に、テーブルにあった肉切り包丁に手をかけた。

その場の全員が凍りついた。一瞬ののち、アシュトンは包丁から手を放した。そして小さな声で言った。「いいだろう。今日のところは取りやめだ。今日のところはな。今日のところは」それから、目に見えない聴衆を相手に何事か説教めいたことをつぶやきながら、書斎に消えた。書斎のドアが閉まった。

張りつめた沈黙が続いた。

「別人みたい」ドリオンは書斎のほうに視線を向けた。その視線も、両手も、震えてはいなかった。その一件で兄二人は大きく動揺していたが、当の妹は動じていないようだった。

ラッセルが言った。「父さんは生き延びる方法を僕らに教えた。これから僕らは父さんから生き延びなくちゃならない」

メアリー・ダヴが夜明け前にコルターを起こしに来たのは、その二週間後のことだった。

コルター。アッシュがどこにもいないの。頼れるのはあなただけ……

コルターは、父を殺したのはラッセルではないかと疑った。初めは、情況から考えてそう疑ったにすぎなかった。しかし父の葬儀の日、コルターの推測は、確信とはいえないまでも、仮説に近いものに変わった。

メアリー・ダヴは夫の死の三日後にささやかな葬儀を手配した。参列したのは親族と、バークリー校時代から親しくしていた同僚だけだった。

病院の妹に付き添っていたメアリー・ダヴが帰ってきたあと、ラッセルは飛行機でロサンゼルスに戻っていたが、葬儀のためにまたコンパウンドに来た。葬儀の朝、親族が朝食のテーブルに顔をそろえた場で、コルターは短いやりとりを耳にした。

親戚の誰かが、ロサンゼルスから飛行機で来たのかとラッセルに尋ねた。ラッセルは車で来たと答え、経由したルートを簡単に説明した。

それを聞いて、コルターは思わず息をのんだ。だが、誰もそれには気づかなかった。コルターが驚いたのは、ラッセルが通ったと話した道路は、落石のためにその何日か前から閉鎖されていたからだった。落石があったのは、アシュトンが殺された日よりもあとだった。つまり、ラッセルは葬儀の数日前からコンパウンド周辺にいたことになる。何日か前に車で来て、どこか近くに隠れていたのだ。人づきあいが苦手だから、家族と会うのを避けていただけのことかもしれない。しかし、十月五日のあの肌寒い朝、父の狂気じみた危険な〝卒業の儀式〟から妹を守るために、父を殺したからかもしれない。

もう一つ別の動機もあっただろう——父の苦しみを終わらせてやるためだ。

肉または皮を手に入れるため、自衛のため、哀れみから。

葬儀の日、あとでかならず兄を問い詰めようとコルターは決意した。だが〝あとで〟はそれきりやってこなかった。ラッセルは葬儀が終わるなりロサンゼルスに帰っていき、その日を境に音信不通になったからだ。

兄が父を殺した犯人だという考えは、それから何年もコルターにつきまとった。魂が負った永遠に癒えない傷。ところが一月前《ひとつき》、殺したのは兄ではないかもしれないという希望が芽生えた。

フロリダ州の自宅で、母から送られてきた古い写真の箱を整理していたときのことだ。アシュトンに宛てた差出人のない手紙が出てきた。消印はカリフォルニア州バークリーで、日付は父が死ぬ三日前だった。コルターの注意を引きつけたのは、その消印だった。

アッシュへ

気がかりな知らせがある。ブラクストンが生きている！　北に向かったようだ。どうか用心してくれ。きみがすべてをどこに隠したか、その鍵は例の封筒のなかにあるとみなに伝えておいた。

あれは三階の22－Rに隠してある。

かならず切り抜けられるだろう、アッシュ。神のご加護を

ユージーン

さて、この手紙にはどんな解釈が考えられる？

ショウが出した結論は、アシュトン――というより、ユージーンの手紙によれば〝みな〟――が危険にさらされたということだった。

だが、ブラクストンとはいったい誰だ？

ものには順序がある。まずはユージーンを探すことだ。ショウの母に訊くと、アシュトンがカリフォルニア大学時代に親しくしていた同僚教授にユージーンという人物がいたという。ただ、母はその人物のラストネームを覚えていなかった。ブラクストンという名には聞き覚えがない。

十五年前にカリフォルニア大学バークリー校で教鞭を執っていた人物を調べたところ、ユージーン・ヤングという教授がいたことがわかった。物理学の教授で、アシュトンの死から二年ほどのちに自動車事故で死んでいた。この自動車事故も疑わしかった――ヨセミテ国立公園の近く、事故など起きそうにないところを走っていて道路を外れ、車ごと崖から落ちたというのだ。ショウはヤングの妻の連絡先を突き止めた。再婚していた。電話をかけ、アシュトン・ショウの息子であることを説明し、父に関する資料を一つにまとめようとしているところだと説明した。アシュトンに関連したもの――手紙などの文書――が手もとに残っていないだろうか。するとヤングの妻は、亡夫の個人的な書類は少しずつ処分してしまってもう残っていないと言った。ショウは自分の連絡先を伝え、これから数日はオークランドのRVパークに宿泊しているから、何か思い出したことがあったら連絡してほしいと頼んだ。

そこからコルター・ショウは自分の最大の強みを活かした——追跡を開始したのだ。ユージーン・ヤングは、カリフォルニア大学の教授で、〝22－R〟と言えばぴんと来るような場所に何かを隠した。ショウは二日がかりでようやく突き止めた。カリフォルニア大学社会学部の書庫は三階にあり、そこの22号室にRというアルファベットが振られた棚がある。

三日前、ショウはそこで魔法の封筒を見つけた。そして盗んだ。

採点済み答案5／25……

アシュトンを殺したのは兄ラッセル・ショウではない別の誰か——たとえばこのブラクストンという人物、あるいはその仲間——であるという証拠がどこかに存在するなら、それはきっと封筒に入っていた脈絡のない文書だ。

マディーのベッドに横たわったショウの耳に、ロイ・ブランシュ保安官の言葉が聞こえてきた。

我々は事故だと考えています。それ以外に説明がつきません……

しかし、幸いにもコルター・ショウは、別の説明がありそうだと知っている。

ブラクストンが生きている！

寝室の窓の外の室外機は、ますます不機嫌そうなうなり声を上げている。これ以上は眠れそうにない。ショウはそうあきらめ、起きて服を着た。新しい水のボトルの封を切り、玄関の鍵がかかってしまわないよう、デッドボルトを伸ばした状態にしておいて表に出た。オレンジ色のプラスチックのデッキチェアに腰を下ろす。ポーチにはその椅子一脚しか置かれていないが、ポーチ自体は二十脚くらい並べられそうなほど広かった。水を飲む。ヘンリー・トンプソン誘拐事件の捜査にあれから進展があったかどうか確かめようと、携帯電話で地元テレビ局のニュースサイトを開いた。目当てのニュースが流れるのを待つあいだ、別のニュースをながめた。どこかで聞いたニュースだ……ああ、あれか。十代の売春婦とメッセージをやり取りしていたと暴露された国会議員のニュースだ。最初に聞いたのは、トニー・ナイトのゲーム『プライム・ミッション』の冒頭に流れるニュース番組のなかでだった。批判の的となったユタ州選出のリチャード・ボイドという議員は、自分は何らやましいことはしていないが、噂のせいで人生が破綻してしまったと記した遺書を残して自殺したという。議員の死は、単なる悲劇では終わらない。補欠選挙の結果によって、議会の多数党が入れ替わる可能性がある。

ショウの父は政治に大いに関心を示したが、その遺伝子はコルターには受け継がれていない。

ヘンリー・トンプソン誘拐事件の続報はなかった。ショウはサイトを閉じ、携帯電話をポケットにしまった。

通りは静まり返っている。虫の声も、フクロウの声も聞こえない。フリーウェイの往来の遠い音、クラクションのかすかな音だけが聞こえていた。近くに空港が五つか六つあるはずだが、いまは発着時間外らしい。

何気なく大通りを見回す。取り壊し中の住宅が一軒。その隣の空き地は、最近、整地されたばかりらしい。その二区画の前庭に看板が立っていた――〈シリコンヴィル――住まいの未来!〉

おもちゃ好きでふわふわの巻き毛をしたマーティ・エイヴォンと不動産開発というお堅いプロジェクトの組み合わせを思うと、なんとなく愉快になる。エイヴォンなら、現地に行って実物の建設の様子を見守るよりも、デスティニー・エンタテインメントの本社ロビーにあった模型を設計したり造ったりすることを喜びそうだ。

水のボトルが空になると、ショウはぶらぶらと家のなかに戻った。マディーの三十インチの大型ディスプレイの前に行く。3Dのボールが、紫から赤、黄、緑と鮮やかな色を変えながら、ゆっくりとした動きで画面上を動き回っている。

デスクの上のものにさっと目を走らせた。マディー・プールの持ち物はどれも、ビデオゲームのアートや科学に関連していた。ジュエルケースに入ったCDやDVD、回路基板、RAMカード、各種ドライブ、マウス、ゲーム機。ゲームのカートリッジは数えきれないほどある。それにケーブル、ケーブル、ケーブル。どこもケーブルだらけだった。

ショウは本を何冊か手に取ってページをめくってみた。ほとんどはタイトルに〝ゲームプレイ〟というキーワードが入っていた。〝チート〟や〝ワークアラウンド〟という語もあった。『フォートナイト　究極の攻略法』という本をめくりながら、そういえばC

3ゲームショーでこの会社のブースものぞいたなと思い出した。解説は複雑で、とてもついていけなかった。その本をデスクに返そうとしたところで、ショウは動きを止めた。『フォートナイト』の攻略本の下に、薄い冊子のような本があった。自分の心臓の鼓動を聞きながら、その本を取ってめくってみた。文章が丸で囲われているページ。星印がついているページ。余白にメモ書きもあった。ナイフや銃、懐中電灯、弓に関するメモ。
その本のタイトルは――

ゲームプレイ・ガイド・シリーズ　第12巻
〈ウィスパリング・マン〉

そのゲームは一度もプレイしたことがない、内容はほとんど知らない――マディー・プールはそう言っていなかったか。

50

彼女は嘘をついた。
なぜだ？
もちろん、罪のない説明も可能だろう。プレイしたのはずいぶん前のことで、すっかり忘れていたのかもしれない。

そもそもこの余白のメモを書いたのは、彼女なのかどうか。

小さなピンク色のポストイットに、マディーのものと思われる筆跡があった。

『ウィスパリング・マン』の攻略本の余白にメモを書いたのは、マディー自身のようだ。

それが意味することとは――マディーは〝ゲーマー〟を知っているのか？　二人はショウが事件の捜査に関わっていることを知り、〝ゲーマー〟は、クイック・バイト・カフェでショウに接近し、警察の捜査がどこまで進んでいるか探りを入れろとマディーに指示したのか。

警察には犯人の目星がついてるわけ？

そこまで考えて、この推測には欠陥があることに気づいた。〝ゲーマー〟の犯行に〝第二の人物〟が関わっていることを裏づける証拠は何一つない。

そうなると、残る可能性は一つ。心がねじ切られるような可能性だ――マディー・プールその人が〝ゲーマー〟である。

ショウはいったん通りに出て、車からパソコンバッグを取って家のなかに戻った。ノートと万年筆を取り出し、事実を一つずつ書き出していった。その作業は、状況を整理して分析しやすくしただけでなく、心を落ち着かせる効果も発揮した。いまはまず落ち着かなくてはならない。

この推測は、そもそも成り立つのか？

ショウの頭に最初に浮かんだのは、マディーはジミー・フォイルが話していたゲーマーのカテゴリーのうちの〝キラー〟の条件にぴったり当てはまるということだった。極端なまでに競争心が強く、ゲームをプレイするのは、なんとしても勝つため、生き延びるため、相手を叩きのめすためだ。

書き出した事実と時系列を順に確認していく。マディーが犯人である可能性はじわじわと高くなっていった。マディーがクイック・バイト・カフェに現れたのは、ショウが店を訪れた直後だった。ショウがフランク・マリナーと会ったあと、カフェまで尾行したとも考えられそうだ。カフェでマディーと話をして別れた直後、サンミゲル公園でショウを監視している人物がいた。マディーは公園までショウを尾行し、そこから廃工場にもついてきたのか？

マディーは自分からショウにモーションをかけてきた。露骨なくらい魅惑的で浮ついた態度を取った。ショウがソフィーを救出したあとは電話をかけてきてねぎらい、ゲームショーに誘った。どれもこれも彼に近づくための作戦の一環だったとしたら。

ショウは事件を振り返った。被害者はいずれもふいを襲われ、地面に倒され、薬物を注射され、車まで引きずっていかれている。マディーの体力なら充分にやってのけられる──数時間前、ベッドで一緒に過ごしたいまならそう断言できる。ホンソンのブースで『イマージョン』を試したときに見た、あの冷酷な表情も思い出した。彼を殺した瞬間、勝ち誇ったような光を放ったオオカミじみた目。それに彼女も狩りをするのなら、銃の扱いに慣れているだろう。

この可能性を、ショウは二五パーセントと見積もった。

だが、その数字は長続きしなかった。まもなく三〇パーセントに上がり、動機に考えが及んだ瞬間、さらに上がった。マディーの体にあった傷痕、それをショウの目から隠そうとしたこと。あれは慎みゆえか。それとも、正体を悟られたくなかったからか。

そうだ、八年前の事件の被害者。『ウィスパリング・マン』に夢中になった男子高校生が同級生を誘拐し、殺害しようとした事件。新聞記事は、その方法に触れていなかった。犯人の二人はナイフを使ったのかもしれない。それもウィスパリング・マンの武器に含まれている。

マディーがパロアルトに来たのは、『ウィスパリング・マン』を配信している会社を破綻に追いこむため、ゲーム業界から追放するためなのだとしたら。もちろんマディーは、トニー・ナイトが指摘した事実を知らないだろう——八年前の事件は当時、ゲームの売上に何の影響も及ぼさなかったことだ。

ネットに接続し、八年前の事件をあらためて検索した。前回はざっと目を通しただけですませていた。事件を取り上げた記事はたくさんあった。ただ、被害者は当時十七歳の未成年だったため、氏名は伏せられ、写真は加工されていた。さすがのマックでも、少年事件の報告書は手に入れられないだろう。ラドンナ・スタンディッシュならもちろん可能だ。できるだけ早いタイミングでこの件を伝えたほうがいい。

焦るなと自分に言い聞かせた。

三五パーセントは、一〇〇パーセントではないのだから。

事実を追い越して先へ進むべからず……

マディーとはそれなりの時間を一緒に過ごしている。ベッドでも、それ以外でも。そのかぎりでは、マディーが殺人犯とは思えない。

だがそのとき、ある記事が目に留まった。被害者の十代の少女――〝ジェーン・ドウ〟の仮名で呼ばれていた――は、事件後、重度の心的外傷後ストレス障害（PTSD）に苦しめられ、現実と非現実との区別がつかなくなるなどの症状を呈したという。父を見ていたショウには、それがどんな状態か想像できた。被害少女はPTSDの治療のために精神科に入院した。マディーはもしかしたら、被害者のソフィー・マリナーやヘンリー・トンプソンを単なるアバターと見て、ウィスパリング・マン――すなわちマーティ・エイヴォンを破滅に追いやるという目的のために犠牲にしてもかまわないと考えたのかもしれない。

マディーのパソコンのマウスを動かすと、スクリーンセーバーが消え、パスワードの入力画面が表示された。試してみたところで無駄だろう。ショウはデスクの前を離れ、家のなかをざっと調べた。銃や血のついたナイフ、被害者が拉致された現場付近の地図や見取り図などがないか。何も見つからなかった。マディーは利口だ。どこか近くに隠したのだろう。

仮に、マディーが犯人なのだとすれば。

まもなく確率は六〇パーセントに上昇した。マディーのバスルームをのぞくと、オピオイド系鎮痛薬の小瓶がいくつかあったからだ。ひょっとしたら、ウィスパリング・マン事件の被害者を眠らせるのに使われた薬と同種のものかもしれない。鑑識チームならわかるだろう。ショウは小瓶のラベルを携帯電話で撮影した。

ポケットにしまおうとしたところで、携帯電話が着信を知らせた。

スタンディッシュからだ。

応答するなり、ショウは言った。「いまこちらから電話しようとしていた」

沈黙。だが、それはほんの一瞬のことだった。「ショウ、いまどこ？」

ショウは口ごもった。「外だ。キャンピングカーにはいない」

「それはわかってる。いまキャンピングカーの前に来てるから。銃撃事件があったの。急いで戻ってきてもらえる？」

51

正真正銘の犯行現場だった。

ショウはアクセルペダルを踏みこみ、ウェストウィンズRVパーク内を通るグーグル・ウェイを飛ばした。前方に黄色い立入禁止のテープが見え、制服警官二名がショウの車に気づいて振り返った。一人の手が腰の制式拳銃に動いた。ショウはブレーキをかけ、両手をハンドルの上に置いたまま、銅像のように動きを止めた。まもなくスタンディッシュが気づいて制服警官に言った。「このキャンピングカーの持ち主。通してあげて」

黄色いテープで封鎖されたなかにJMCTFの鑑識チームのバンが駐まっている。防護服と防護マスクを着けた技官が、RVパークの真ん中にあるシャワー室兼トイレの小さな建物の外壁を調べていた。黒い点のようなものをほじくり出そうとしているようだ。きっと弾丸を回収しているのだろう。ほかの技官は証拠を収めた袋を集め、現場の捜索を終えようとしていた。

制服警官の一人が黄色いテープを巻き取り始めた。マスコミは来ていない。一発や二発、銃がぶっ放された程度のことでいちいち取材班が派遣されたりはしないのだろう。しかしRVパークの住人は集まっていた。警察の指示に従って少し離れた場所に立ち、捜索の様子をながめていた。

スタンディッシュがウィネベーゴのドアの前からショウを手招きした。いつものようにコンバットジャケットにカーゴパンツという服装だ。ラテックスの手袋をはめている。

「キャンピングカーと周囲はもう封鎖が解除されたから。あとは弾丸を発掘するだけ」

スタンディッシュはトイレや木立のほうにうなずいた。そちらを見ると、さっきは気づかなかったが、カエデの木のそばにも全身を防護した鑑識チームがいて、恐ろしげな見た目をしたのこぎりを幹に食いこませているところだった。あんなところにめりこんだ弾丸をよくも見つけたものだ。きっと金属探知機を使ったのだろう。それとも人間離れして目のいい技官がいるのか。

「で、ここまでにわかってることを伝えると」スタンディッシュが言った。目が充血し、立ち姿がいかにも疲れた様子だった。ゆうべは徹夜だったのだろうか。ショウは少なくとも数時間は眠れた。「一時間くらい前、そこの茂みをすり抜けて敷地に入ってこようとしてる不審者にここの住人の一人が気づいた」スタンディッシュは細い道とRVパークの境界線になっているみすぼらしい生け垣を指さした。「覚えがあるでしょ？」

「きみが不審者を見かけた場所だな」

「そう、まさしく同じ場所。目撃者《ウィット》──〝ウィットネス〟の略ね、あなたなら知ってると思うけど──には、黒っぽい服と黒っぽい帽子しか見えなかった。まあ、それはしかたがない。このあたりは街灯がほとんどなくて真っ暗だから。不審者はあなたのキャンピングカーに近づいて、目撃者のいた位置からは見えなくなった。その後もう一度見たときには不審者はいなくなってた。それで目撃者は、お馬鹿さんなことに、あなたのキャンピングカーに近づいて、窓からなかをのぞいたわけ。懐中電灯の光が見えた。あなたの車はここにはなかった。キャンピングカーのロックがあったあたりは、めちゃくちゃに壊されてた」

ショウはロックの残骸を見やった。

「地元警察の交通課の人員が通報を受けて駆けつけてきたのはいいんだけど」──スタ

ンディッシュは顔をしかめた――「なんともお利口さんなことに、きれいな回転灯を消さずに来たのよ。赤と白と青の派手なライトをぐるぐる回したまま」スタンディッシュは声をひそめた。「交通課は、交通取り締まりは得意だけど、それしか能がないの。まあ、それはそれとして、犯人は回転灯に気づいて発砲した。パトロールカーのヘッドライトを吹き飛ばしたあと、さらに五、六発撃った。

パトロール警官たちは頭を抱えて伏せただけで――だって交通取り締まりしか能がないから――応援と機動隊が駆けつけたとき、不審な男は逃走したあとだった。人相も着衣の特徴も何一つわからない。九一一に通報した目撃者も、容疑者の特定につながりそうなものは見ていなかった。キャンピングカーから盗まれたものがないか、あなたに自分で確認してもらいたいの」

スタンディッシュは容疑者が男であるという前提で話していたが、ショウはとりあえず性別には触れずにおくことにした。マディー・プールの件はもう少しあとで話そう。

キャンピングカーの破壊されたドアを見た。

「板金用のデントプラー」スタンディッシュが言った。

シャフトの片側に別の部品を取りつけるためのスクリューが、もう一方に前後に動くウェイトがついた工具だ。その名のとおり、自動車のボディにできたへこみ《デント》を引っ張って《プル》戻すための工具だが、先端のスクリューを鍵穴に強引に差しこみ、ウェイトを勢いよく引っ張れば、ロックをシリンダーごと抜き取るのにも使える。ショウのキャンピングカーにはもう一つ、その方法でははずせないロックが備わっていた。侵入者は準備万全で来たらしく、キャンピングカーのボディの鍛鋼《たんこう》でできたパネルをバールで曲げていた。ウィネベーゴはすばらしい車を作るメーカーだが、チタンまでは使われていない。

「もう一つ、見せておきたいものが」スタンディッシュは言った。携帯電話をカーゴパンツのポケットから取り出し、写真を表示した。ウィスパリング・マンの顔を描いたステンシル風の絵だった。

「これは私がダン・ワイリーに渡した絵かな」

「それとは別。私の車で見つけた」スタンディッシュは一瞬黙りこみ、また顔をしかめた。「というより、カレンの車に。ジェムとアイスクリームを食べにいって、車に戻ったらフロントガラスにこれがはさんであったって。二人にはうちの母の家に避難してもらってる。私をちょっと怖がらせてやろうと思っただけだろうけど、念のため、ね」

ショウは訊いた。「指紋やDNAは？」

「付着してなかった。ほかの証拠と同じ」

黒い目、わずかに開いた口、粋な帽子……

RVパークの管理人がショウの無事を確認しにきた。ショウは老齢の管理人に無事を伝え、大至急、修理人を呼んでウィネベーゴのロックの修理を依頼してもらえないかと話し、クレジットカードを一枚預けた。それとは別に百ドルの現金も渡した。

それからスタンディッシュとともにウィネベーゴに入り、損害を確認した。表面的には大したダメージはなさそうだった。最初に確認するのは、もちろんスパイス棚とベッドだ。銃はいつもの隠し場所にちゃんとあった。グロックはスパイス棚に。コルト・パイソンはベッドの下に。

スタンディッシュはベッド脇の床にボルト留めされた小型の金庫にうなずいた。これはデントプラー程度の工具では開けられない。ダイヤモンド・ソーか、二千度のバーナーでもなければ無理だ。「あれには何か入ってる?」

入っているのはねずみ取りの罠だけだとショウは話した。侵入者があって、あの金庫を開けろと迫られてショウが解錠したとしても、侵入者が扉を開けた瞬間、侵入者は指を一本折ることになる。理想的には二本。その隙にショウはベッドの下からリボルバーを引き出す。

「なるほど」

それから二十分ほどかけて、ショウはキャンピングカーを隅から隅まで確かめた。抽《ひき》斗《だし》は出され、ノートや服や洗面用具にはいじられた形跡があった。ここにあったノートに書かれているのはほかの仕事のメモばかりで、ほかの書類も個人的なものだった。今回の誘拐事件や犯人の〝ゲーマー〟について書いたものはすべてパソコンバッグに入れて持ち歩いており、そのパソコンバッグは車の助手席の下に隠してある。

硬貨やポストイット、ペン、携帯電話の充電器やケーブルが床に散らばっていた。抽斗から出された小物、どこの家庭にもあるようなこまごました品物もある。電池、工具、ワイヤ、アスピリンの小瓶、ホテルのキーカード、半端なナットやボルトやねじ。少額の現金もここに保管してあった。アメリカドルとカナダドルで合計数百ドル分があったが、なくなっていた。

スタンディッシュにそのことを話し、こう付け加えた。「抽斗の中身をばらまいたのは、本来の目的を隠すためだろう。これは行き当たりばったりの空き巣狙いじゃない」

ショウはキャンピングカーの前部を指さした。運転席側のドアポケットに、ナビ機が二台ある――それぞれメーカーはトムトムとガーミンだった。同じアメリカ国内でも、地域によってはどちらかの機種のほうがより正確な道案内ができるらしいとわかり、二台備えている。泥棒なら、グローブボックスをあさったときナビがあることに気づいて持っていくはずだ。

スタンディッシュが言った。「もともとドラッグを買うお金ほしさのこそ泥とは思ってなかったけど」

「違うだろうね。〝ゲーマー〟だ。私のメモを見ようとしたんだろう。ほかにも事件に関係のあるものがあれば見ようとした」

「あなたが留守かどうかわからないのに？」

ショウはポストイットや硬貨を拾い集めた。「いや、わかっていたんだよ、スタンディッシュ。彼女は私がどこにいるか知っていたから忍びこんだ」

「彼女？」スタンディッシュは不思議そうな顔でショウを見つめたが、意味がわかったのだろう、その表情はすぐに消えた。

52

ショウはミニキッチンの抽斗からジッパーつきのビニール袋を一枚取り、手に巻きつけた。スタンディッシュは、何をしているのだろうという顔で見ていた。ショウは間に合わせの手袋を使い、ポケットからマディー・プールの名刺を取り出した。

GrindrGirl112……

「これを。もしも薬莢や弾丸から指紋が検出されれば、照合に使える。うっかりほかの場所に指紋を残しているかもしれない。一致するか照合してくれ」

「ちゃんと説明してよ、ショウ」

「オハイオ州。八年前。『ウィスパリング・マン』を再現した男子高校生に誘拐された少女。その少女がマディーなのかもしれない。そうだとしたら、自分の人生をめちゃくちゃにしたマーティ・エイヴォンと問題のゲームを葬り去ろうとしているとも考えられる」

「何を根拠に？　その説にはちょっと無理があるように思うけど」

ショウはほんの四十分前に組み立てた理屈を説明した。マディーは『ウィスパリング・マン』をプレイしたことがないと言っていたのに、攻略本が家に隠されていたことも話した。「それに、私を家に残して出かけた。私がまだしばらく彼女の家にいると知っていたということになる。そしてその時間帯に侵入事件が起きた」ショウはキャンピングカーの室内に視線を巡らせた。「事件について、私がどこまで知っているか確かめようとしたんだろう」マディーの激しさ、ゲームのなかでショウを刺し殺したときの視線の冷たさには触れないことにした。客観的な事実だけに的を絞る。

「それにこれ」ショウは携帯電話に写真を表示した。マディーのバスルームの戸棚にあったオピオイド系鎮痛薬などの小瓶の写真だ。

「強力な薬ばかりね。その写真、私に送って。ソフィー・マリナーやヘンリー・トンプソンの血中から検出された薬と照合する」

ショウは写真をスタンディッシュの携帯電話に送り、スタンディッシュは受け取った写真を鑑識に転送した。

「オハイオ州の事件はこっちで調べてみる」スタンディッシュはグーグル検索をし、結果を確かめてから携帯電話をしまった。「あとでシンシナティの保安官とオハイオ州警察に連絡して、被害者の氏名や写真を送ってもらえるように頼むわ。でも、少し時間がかかるかもしれない。未成年の記録を開示するには、原則として判事の許可がいるから」

ショウは電子レンジの時計で時刻を確かめた。「私は戻るよ」

「戻るって、どこに……？」

「マディーの家。法律の知識はある。私はマディーに招かれた。つまり、マディーの家に出入りする許可をもらっているわけだ。きみから電話をもらったときは、ざっと家のなかを見て回っただけだった。まだなかを見ていないスーツケースやスポーツバッグがある」

「それはこじつけと言われてもしかたがないと思うけど、ショウ。だって誰かの住居に出入りする許可といっても……たとえば、ほかの人間も入っていいということにはならないでしょ」

「私は鑑識でも何でもないんだ、スタンディッシュ。ただ知りたいだけだよ」

マディーに裏切られているのかもしれないと思うと、またしても胸が締めつけられた。クイック・バイト・カフェで近づいてきたときの彼女が目に浮かんだ。C3ゲームショーで彼の腕を取った彼女。ぴたりと寄り添った彼女の体。誘うような発言。それに今夜……ベッドでの彼女。そのいずれもが彼のキャンピングカーを物色するチャンスを作るためだったのか?

「急いで戻ったほうがよさそうだ。さもないと、何かあったと感づかれて、逃げられてしまうかもしれない」

スタンディッシュはビニール袋に入ったマディーの名刺を指さした。「住所はわかってるのよ」

「名刺にあるのはメールアドレスと郵便私書箱の番号だけだ」

行方を知られたくないと本気で思えば、世間から隠れる手段はいくらでもある。コルター・ショウはそのことをいやというほど知っていた。

スタンディッシュはまだ納得していない様子だった。迷っている。「わかった。ただし、家の前にパトロールカーを張りつけさせて。あなたに盗聴器を付けてる暇はないから。家に入ったらカーテンを開けておくこと。何かあったとき、外から屋内をうかがえるように」スタンディッシュは、現場の入口からここまで付き添ってきた女性巡査と男性の私服刑事をキャンピングカーの入口に呼び寄せ、ショウと一緒にマディーの家に行って、近くで待機しているようにと指示した。

それからショウに向き直った。「確率はどのくらいだと思う？　マディーが犯人である確率」

「五〇パーセント台かな。もう少し低い数字を言いたいところだが、それは単にそう思いたいからにすぎない」

生き残りがかかった場面で感情の言いなりになるべからず……

事の是非はさておき、恩に着るよ、アッシュ。

ショウはスパイス棚を開け、ベルトの内側に装着するタイプの灰色のグロック用ホルスターを取って腰の右側に着けた。マガジンをはずし、薬室の一発とは別にフルに六発装弾されていることを確かめてから、グロックをホルスターに収めた。

ラドンナ・スタンディッシュはその様子を見守っていた。グロックをホルスターに収めたのを見ても何も言わなかった。危険に近づかないというルール、銃は携帯しないというルールは、いまや二つとも過去のものになったらしい。ショウが険しい顔でキャンピングカーを降りようとしたところで、スタンディッシュは言った。「彼女じゃないといいわね、ショウ」

外に出て、マリブに乗った。ショウがいないあいだにマディーが先に家に帰っていたら、ショウはどこに行ったのかと不審に思っているだろう。

そこで、終夜営業のデリに寄って朝食を買った。

マリブを追ってきていた警察官二人は、その寄り道に戸惑ったようだったが、明け方に目を覚まし、隣で寝ていた恋人がいないと気づいた男がすることとして、筋は通っている。朝食を作るのでは所帯じみた印象を与えそうだし、〝ネヴァー・アフター・クラブ〟の正会員をいらだたせることにもなっただろう。朝食を買いに出かけるくらいがちょうどいいバランスだ。ショウはスクランブルエッグとベーコンを載せたパンと、小さなカップに入ったフルーツの盛り合わせ、コーヒー二つを買った。マディーにはレッドブルも買った。クイック・バイト・カフェで会ったときのことを思い出して、複雑な気持ちになった。

シナモンロール分のお返しができそうよ……

しかし〝パーセンテージ大王〟は、自分を戒めた——推測は、それを裏づける証拠が見つかるまでは、単なる推測でしかない。

車に戻り、朝焼けの下、マディーの家へと飛ばした。空気は湿気をたっぷりと含み、松葉の香りをさせていた。

マディーはまだ帰宅していなかった。

ショウは手早く車を駐めて、警察の二人が乗ったセダンに近づいた。

「彼女の車が戻っていない。帰ってきたらメッセージをもらえないか」女性巡査に携帯電話番号を伝え、巡査は自分の携帯電話に登録した。

ショウはうまそうな香りを漂わせている料理とコーヒーのトレーを持って家のなかに入った。トレーをキッチンカウンターに置き、地下室のドアの前に立った。カリフォルニア州には地下室のある一軒家は少ないが、この家は造りが古い。おそらく二十世紀前半に建築されたものだ。マディー・プールが誰にも見られたくない秘密——たとえば殺人に使った凶器——を隠すとしたら、地下室は最適な選択肢の一つだろう。

ドアの前で立ち止まり、マディーの高性能パソコンのほうを振り返った。

彼女が犯人だということが本当にありえるだろうか。

〈あなたは死んだ〉……

これ以上時間を無駄にするな。さあ、白黒はっきりさせようじゃないか。

地下室のドアを開けた。古びたもののにおい、甘ったるいにおい、どこか懐かしいにおい——洗剤か？——が複雑に入り交じったにおいがショウを出迎えた。

明かりはつけなかった。外に面した窓があれば、マディーが帰ってきたとき——帰ってくることがあれば——地下室の天井灯が灯っているのを見られてしまうかもしれない。

ｉＰｈｏｎｅの懐中電灯アプリをオンにし、その光で足もとを照らしながら、危なっかしい階段を下りていった。

湿ったコンクリート敷きの床に立ち、ｉＰｈｏｎｅの光を巡らせて窓の有無を確かめた。窓は一つもなかった。唯一見つかった照明のスイッチをオンにしたが、見るとソケットに電球が取りつけられていなかった。

ｉＰｈｏｎｅのライトを頼りにするしかなさそうだ。地下室を見回す。一辺六メートルほどの正方形をした、一番広いらしいこの部屋には何一つない。左手に廊下があり、その先に物置らしい空間がいくつか並んでいた。一つずつのぞいた。どれも空っぽだった。

何が見つかると期待していたのだ？

ビッグベースンレッドウッズ州立公園の地図か？　ソフィー・マリナーの自転車とバックパックか？

考えてみれば、こんなことは馬鹿げている。

しかしまた一方で、誘拐犯は女だとも考えられるというソフィーの証言もある。性別を断定できるような証拠はまだ出てきていない。

ｉＰｈｏｎｅのライトを消し、階段を上った。

キッチンからリビングルームに入ろうとしたところで、ショウは息をのみ、立ち止まった。

マディー・プールが目の前に立っていた。その手には刃渡りの長い包丁が握られている。マディーの目がショウを上から下までながめた。その目は、いままさに腹を切り裂こうとしている雄ジカを見るようだった。

53

「探しものは見つかった?」

嘘は無意味だ。銃に手を伸ばしても無意味だ。マディーの包丁に比べたらグロックのほうが効率のよい武器ではあるが、ショウがトリガーを引くより、マディーがヘンケルスの包丁を彼の肋骨のあいだや喉に突き立てるほうが早いだろう。

「なくし物でもした? それとも、朝ご飯を買いにいったら迷子になっちゃったの? 誰かと寝たあとに朝ご飯を買いに出るなんて、すてきな気遣いよね。でも、それって何か別の目的のための口実なんじゃない?」

マディーは包丁の柄をきつく握り締めた。目には病的に興奮したような色があった。いまこの瞬間にもあの包丁を振りかざして襲いかかってきそうだ。

『イマージョン』をプレイ中のマディー・プールが戻ってきていた。しかも今回は、十万バイトのデータでできた偽物の剣ではなく、本物の包丁を持っている。その切っ先がまっすぐにショウを狙っていた。刃物で人を殺すには体力がいる。時間もかかる。だが、相手の視力を奪ったり、腱《けん》を切って動きを封じたりするだけなら、ほんの一瞬ですむ。

「落ち着いてくれ」ショウは低い声で言った。

「うるさい！」マディーがわめく。「あんたはどこの誰なの、本当のことを言いなさいよ！」

「話したとおりの人間だ」

空いたほうの手で、マディーは自分の髪を引っ張った。かきむしるような手つきだった。もう一方の手は、包丁の柄を握り締めたりゆるめたりを繰り返している。マディーは首を振った。髪が勢いよく揺れた。「じゃあ、どうしてこそこそ嗅ぎ回るようなことをしたの？　どうして私の持ち物をあさったの？」

「誘拐犯はきみだという可能性に思い当たったからだ。あるいは、犯人に協力しているのかもしれないと思った。捜査がどこまで進んでいるのか知るために、私を見張っているのではないかとね」

嘘は無意味だ……。

「私が？」

「事実はその可能性を指し示していた。確かめないわけにいかなかった。きみが事件に関与している証拠を探していた」

マディーの顔がゆがみ、信じられないといった暗い笑みを作った。「それ、冗談よね」

「まさかとは思った。しかし――」

「〝確かめないわけにいかなかった〟のよね」苦々しげで辛辣な口調だった。「いつから私の周囲を嗅ぎ回ってたの？　初めて会ったときから？　ゲームショーに一緒に行ったときから？」

「『ウィスパリング・マン』の攻略本を見つけた。一度もプレイしたことがないと言っていたね。だが今朝、攻略本を見つけてしまった」

ショウは自分の考えを話した。ゲームと現実の区別がつかなくなった同級生に誘拐されたオハイオ州の被害者なのではないか。

「ああ、傷ね」マディーは言った。「傷を見たのね」

クイック・バイト・カフェで彼女のほうから近づいてきたことを指摘した。「ちょうど私がソフィーを探し始めたタイミングだった。私を尾行してあのカフェに来たのかもしれない」

マディーは包丁をショウに突きつけた。ショウは身がまえ、攻撃をどうやってよけるかを考えた。

マディーが吐き捨てるように言った。「もういい」そして包丁を壁に投げつけた。

その表情を見ただけで、マディーは犯人ではないとわかった。それにもう一つ、ショウが階段を上ってきたとき、ドアの陰に隠れ、いきなり斬りつけて殺すこともできただろうに、そうしなかったという事実もそれを裏づけていた。

マディーは肩で息をしていた。涙をこらえているかのようだった。「どうしてわかったのか、不思議に思ってるのね。じゃあ、これを見て」マディーの声は涙でかすれていたが、顔には——唇には皮肉っぽい笑みが浮かんでいた。目の奥では、悲しみと非情さがせめぎ合っていた。マディーはパソコンに近づき、椅子にどさりと座った。「新しいゲームを見せてあげるわ、コルト。すごくハードなゲーム。難しいって意味じゃなくて。ものすごく不愉快な気分になるって意味でハードなゲーム。私は『裏切《ユダ》りのゲーム』って呼んでる。見て」

ディスプレイに表示されたのは、ゲームではなかった。動画だった。広角レンズで撮影された動画。防犯カメラで撮影したような。映し出されたのはこのリビングルームだった。撮影の時刻は二時間前。コルター・ショウが彼女の本をめくり、抽斗を開け、書棚の上を手探りしている。ショウは銃を探していた。バスルームに入って薬の小瓶を撮影している姿は見えないが、iPhoneのフラッシュが閃いたのは見えた。

マディーが再生を停めた。「Twitchや何かでゲーム実況を配信してることは話したわよね。今日も夜中に配信したんだけど、そのあとカメラを切っておくのを忘れたの。配信はされてない。ただ録画されただけ。私はウェブカムは使っていないのよ。代わりに広角の防犯カメラを使ってる。そのほうが暗くても明るく映るから。ちなみに、録画中を示す赤いランプはない」

クイック・バイト・カフェに初めて行ったとき、ショウがしたこと——ソフィー・マリナーの写真にことのほか関心を示す人物をあぶりだそうと試みた——と同じだ。

マディーは手を伸ばしてバックパックを取った。なかをかき回して、小さな紙片を引き出した。それをショウに渡す。レシートだった。

「スタンフォード大の近所の古本屋さん。ゲーム関係の本が専門なの。レシートの日付を見て。攻略本は今日買ったのよ。捜査に役に立ちそうなことを余白に書きこんだ。あなたに渡す機会がなかっただけのこと」マディーは寝室のほうに目を向けた。

「私からモーションをかけた件。あなたを尾行したわけじゃない。それでクイック・バイト・カフェに行ったわけじゃないのよ。信じてもらえないかもしれないけど、コルタ―、カフェに行ったらハンサムな男がいた。ちょっとカウボーイっぽくて、タフで、無口で、行方不明の女の子を捜すっていう目的を明確に持った人。まさに私の好みのタイプ」マディーはごくりと喉を鳴らした。「動機なんてなかった。思惑《おもわく》なんて何もなかったのよ。生きるってさみしいことよね。人は誰でも、さみしい気持ちを少しでも癒そうとするものじゃない？

それから、傷のこと……そう、傷のこと……どうせならもう、みんな打ち明けたほうが早いわよね。そんな悲惨な話、聞きたくなかったなんてあとで言い出さないでよ。私、十九歳のときに結婚したの。一生に一度の恋だった。ジョーと私はロサンゼルス郊外に住んでいて、スポーツウェアのお店を経営してた。日帰りでいろんなところに行ったわ――自転車、ハイキング、ラフティング、スキー。天国だった。あるとき、お店のお客さんからストーキングされた。その人は完全に病んでた。ある晩、妹と妹のボーイフレンドが遊びに来てたとき、そのストーカーがうちに侵入して、私の夫と妹を撃ったの。

二人とも即死だった。私はキッチンに逃げこんで包丁を取った。でもストーカーに奪い取られて、逆にめった刺しにされた。十四カ所。妹のボーイフレンドがストーカーに飛びかかって助けてくれた。

私はあやうく死にかけた。二度。九回も手術を受けたわ。入院して、家で療養して、治るまでに一年と二週間かかった。何度も自殺を考えたけど、そのたびにビデオゲームに救われた。だから、ね、コルター、私にとって〝ネヴァー・アフター・クラブ〟は遊びじゃないの。覚悟があるかどうかって問題じゃないのよ。私は〝アフター〟がない。文字どおり、ないのよ。私は四年前に死んだんだから。

調べてみて。カリフォルニア南部のマスコミはどこもさかんに報じたから。当時の名前はマディー・ギブスン。事件のあと旧姓に戻した。犯人は刑務所に入ったあともラブレターを送りつけてきたから」マディーは首を振った。「さっき、三十分くらい前に帰ってきて、あなたが映った動画を見たの。この人の目的はいったい何なんだろうって考えた。懸賞金ビジネスのせい、あなたが追いかける人たちのせいかもしれないと思ったわ。たとえば今回の誘拐犯とか。そのせいであなたの精神が一線を越えてしまったのかもしれないと思った。もしかしたらあなたは殺人犯なのかもしれない、泥棒なのかもしれないと思った。筋が通らないわよね。でも、いま話したような経験をしたら、私じゃなくたってちょっぴり疑い深くなるものなのよ、コルト。

だから、確かめずにいられなかった。車を見えない場所に動かしておいて、あれを」

――床に落ちた包丁に視線を向けた――「持って、あなたが戻ってくるのを待った」マディーの目に涙があふれた。

「頼む、聞いてくれ……」ショウはそう言いかけたが、マディーが片方の眉を吊り上げたのを見て、口をつぐんだ。マディーの目はいま、鈍いエメラルド色、冷たい緑色の光を放っていた。

ショウは言葉をのみこんだ。いったい何が言える？

落ち着きのない彼の心に振り回され、どんな犠牲を払うことになろうと答えを探し出さずにはいられなかったのだとでも？

父親の根拠のない恐怖や猜疑心のかけらが、やはり自分の遺伝子に埋めこまれているからだと？

カイル・バトラーやヘンリー・トンプソンの死体、二度と動かない血まみれの死体を脳裏から消すことができないからだと？

どれも本当のことだ。そして、どれも言い訳にすぎない。

ショウは小さくうなずいた。自分の罪を認めたしるし、いまさら何を言おうともう元どおりにはならないという事実を受け入れたしるしに。

コルター・ショウは玄関に向かい、一度も振り返ることなくそこをあとにした。

マリブに乗りこもうとしたとき、一台の車がタイヤをきしらせながら近づいてきて、ショウはとっさに身がまえた。腰の銃に手をやりながら左を見た。ＲＶパークから一緒に来た覆面車両だった。青と白のグリルライトを光らせながら、猛スピードでやってきて、ショウのすぐ横でタイヤをすべらせて停まった。助手席側のウィンドウが下りた。

女性の巡査が言った。「ミスター・ショウ。たったいま、スタンディッシュ刑事から無線で連絡がありました。また誘拐事件が発生したそうです。ＪＭＣＴＦ本部まで先導しますので、ついてきてください」

54

捜査本部が置かれた会議室は、さまざまな捜査機関から集まった十五人ほどの男女で超満員だった。保安官事務所や地元警察の制服、スーツやアンサンブルなど私服の捜査官や刑事。今日発生した誘拐事件の情報が書きこまれたホワイトボードの前に何人かずつ固まって集まっていた。

ショウが来たことに気づいて、ラドンナ・スタンディッシュが言った。「マディーの件は何かわかった？」

ショウは表情を変えずに答えた。「私の推測は間違っていた」

ＪＭＣＴＦ本部に到着してショウが最初にしたことは、マディーの話の裏づけを取ることだった。ストーカー事件を報じた新聞記事の一つにマディーの写真があった。殺人事件の数カ月前に山の頂上で撮影された写真で、マディーと夫はスキーウェア姿で微笑んでいた。

　ショウは新しく捜査に加わった人員のほうにうなずき、スタンディッシュに尋ねた。

「彼らはFBI?」

「カ《C》リフォルニ《B》ア州捜《I》査局。連邦じゃなくて」

　捜査を率いているのは、黒っぽい髪に彫りの深い整った顔立ちをした長身のCBI捜査官だった。その隣の、明るめの灰色のスーツを着ている捜査官——とりたてて背が高いわけでもなく、痩せてもおらず、整った顔立ちもしていない——はそのパートナーらしい。長身の捜査官の名前はアンソニー・プレスコット。もう一人の名前は聞きそこねた。プレスコットが言った。「スタンディッシュ刑事。今朝発生した誘拐事件について簡単に説明してもらえるかな」

　被害者はいまから一時間ほど前、職場から帰宅しようとしたところをマウンテンヴュー地区の駐車場内で拉致された。「町営の駐車場です。防犯カメラは設置されていません。周辺の聞き込みをしたところ、灰色のスウェットの上下に灰色のニット帽をかぶった人物を見たという証言を得ました。クイック・バイト・カフェの防犯カメラに写っていた人物に特徴が似通っています」

　スタンディッシュは資料をまとめた上に、全員分のコピーを用意していた。ショウにも一部差し出した。ファイルには被害者の略歴がある。ショウはそれに目を通した。写真も添付されていた。

スタンディッシュは続けて、ほかの事実を要領よく説明した。現場で指紋は検出されていない。DNAも採取されなかったため、統合DNAインデックスシステムの照会は不可能。〝ゲーマー〟が現場に残した物的証拠のいずれも由来の特定はできない。被害者を眠らせるのに使った薬剤は犯人が自分で調合したもの。武器も追跡できない。犯人は雑草などで地面が覆われている場所を選んで車を駐めており、タイヤ痕が残っていない。したがって車両の特定も不可能。

「いま配った資料に、ミスター・ショウがクイック・バイト・カフェで入手した防犯カメラの静止画像があります。鮮明ではありませんが、参考になるかと思います」

プレスコットがショウに目を向けた。「ところできみは誰だ?」次にスタンディッシュを見た。「彼はどこの誰だ?」

「うちのコンサルタントです」

「コンサルタント?」背が低いほうのCBI捜査官が訊き返す。

「はい」スタンディッシュがうなずく。

「待てよ。例の懸賞金ハンターか」プレスコットが訊く。

ショウは言った。「フランク・マリナーは、失踪した娘を見つけることを条件として懸賞金を設けました」

「彼はソフィーを見つけました」スタンディッシュが言った。

「今回も報酬が発生するのかね」プレスコットのパートナーがショウに訊いた。

ショウは答えた。「いいえ」

表情から察するに、プレスコットは、捜査に協力する理由をショウが自発的に説明すると期待したようだ。だが、ショウはその期待に応えなかった。

スタンディッシュが自分の手もとのフォルダーに手をやって続けた。「もう一つお伝えしておきたいことがあります。被害者——氏名はエリザベス・チャベル——は、妊娠七カ月半です」

「それはひどいな！」誰かが言った。息をのむ気配もいくつか。冒瀆的な言葉も。

「あともう一つ——未詳は被害者をどこかの船に監禁しています。沈みかけた船に」

コルター・ショウはあとを引き取った。

「未詳はあるビデオゲームをなぞって事件を起こしていると思われます」

あっけにとられたような沈黙が広がった。

「『ウィスパリング・マン』というゲームです。ゲーム中の悪役の呼び名がそのままタイトルになっています。ウィスパリング・マンは、使われなくなった建物などにプレイヤーを監禁します。プレイヤーはそこから脱出しなければならない——ほかのプレイヤーやウィスパリング・マンに殺される前に」

後ろのほうから声が上がった。制服を着た年配の男性捜査員だった。「ずいぶんと突飛な話に思えるが、ゲームの再現だというのは確かなのかな」

「誘拐の手口がゲームの設定と符合しています。それに加えて、犯人が拉致現場や監禁の現場に落書きを残していました」

「ファイルにその写真も入っています」スタンディッシュが言った。

ショウは続けた。「ゲームのなかの〝レベル〟という概念をご存じの方は？」

何人かがうなずいた。首を振る者もいた。大半は、ペットショップの水槽のなかのトカゲを観察するときと同程度の関心を持ってショウを見つめただけだった。

ショウは先を続けた。「ビデオゲームでは、徐々に難度の上がる課題をクリアしていかなくてはなりません。開始直後のレベルは単純です。ゲームの舞台になった場所の住人を助けるとか、特定の地点まで行くとか、決められた数のエイリアンを殺すとか。それに成功すると次のレベルに進んで、もう少し難度の高い課題に挑戦する。犯人は、これまでの二つの事件で、『ウィスパリング・マン』の最初の二つのレベルと似た場所に被害者を監禁しています」

スタンディッシュが続けた。「レベル1は〈廃工場〉。ソフィー・マリナーがこれです。ヘンリー・トンプソンは〈暗い森〉。レベル3は〈沈みゆく船〉です」

ショウが調べたところ、最終レベル――レベル10――は、地獄、すなわちウィスパリング・マンの棲《す》み処《か》だ。このレベル10に到達したプレイヤーはこれまでのところ一人もいない。

プレスコットが言った。「なかなか興味深い仮説だね」ゆっくりと、そして半信半疑の口調で。

これに関しては充分な裏づけがある。〝推測〟ではなく〝仮説〟という言葉の選択を正す必要はない。

サンタクララ郡警察の制服を着た一人がホワイトボードを指さした。「だから〝ゲーマー〟？」

ショウは答えた。「そのとおりです」

プレスコットのパートナーが言った。「カミングス上級管理官から聞きましたが、あなたは未詳を反社会性パーソナリティ障害《ソシオパス》に分類しているとか」

スタンディッシュが咳払いをした。「その見立てが当たっている確率は七〇パーセント程度と申し上げました」スタンディッシュは確認するような目をショウに向けた。ショウはうなずいた。

「性暴力はなかったわけですよね」誰かが指摘した。「未詳が男性の場合、ほとんどの場合で性暴力がからむのでは」

「ありませんでした」スタンディッシュが答えた。

ショウは続けた。「『ウィスパリング・マン』を配信しているゲーム会社に協力を要請しました。CEOがいま、顧客データベースをもとに容疑者を絞りこめないか、調査してくれています。容疑者リストができしだい、スタンディッシュ刑事に連絡が来るはずです」

スタンディッシュが言った。「このことも資料に書いてあります」

プレスコットが言った。いかにも懐疑的な調子だった。「監禁場所が船だと仮定して、場所は？」

わからないとショウは答えた。それから付け加えた。「脱出に使えるアイテムを五つ残しているはずです。一つは食料か水。あとは自分の居場所を知らせて助けを求めるのに使えるもの。たとえば鏡——」

スーツ姿の捜査官の一人が言った。「船なんか、このへんには数えきれないくらいあるでしょう。しかし、ドローンを使うにせよヘリコプターにせよ、海に浮かんでいるものを端から調べる予算も人手もありませんよ」

わざわざ言う必要さえなさそうな指摘をいつもどおり無視して、ショウは続けた。

「鏡や、火を熾すための道具」

スタンディッシュが言う。「桟橋やボートや船で炎や煙が確認されたら即座に捜査本部に通報するよう、全安全維持機関に通達する必要があります。監禁場所はおそらく人《ひと》気《け》のない地域です」

プレスコットが一歩前に出た。「スタンディッシュ刑事、カミングス上級管理官、ご苦労様でした。何か進展があったら連絡します」

本心からねぎらい、約束しているとはとうてい思えなかった。

スタンディッシュはいっさいの感情を顔に出さなかった。だが、目は冷たい光を放っていた。軽んじられたことが悔しいのだろう。しかしCBIは州の機関であり、JMC

TFは格下だ。もし連邦政府の機関であるFBIが捜査に参加してくれば、FBIが一切合切を仕切るだろう。それが世の中というものだ。

このくだらないやりとりが行われているあいだ、ショウは別のことを考えていた。エリザベス・チャベルにはあとどれだけの時間が残されているだろう。この暑さにいつまで耐えられるだろう。あとどのくらいで海にのまれてしまうだろう。

ウィスパリング・マンを嬉々として演じている犯人が監禁場所に舞い戻り、船や桟橋を追い回し、射殺するか刃物で刺し殺すかするまで、あとどのくらいの時間の余裕がある？

プレスコットが言った。「スタンディッシュ刑事とコンサルタントから出された意見はきちんと検討しますよ。ビデオゲームの影響で精神を病んだ人物が犯人だろうという意見は」

そんなことはひとことも言っていない。

プレスコットが続けた。「しかし、私にいわせれば、ゲームなんぞに夢中になるのは、もともと少しおかしい連中ばかりだ」

見ると、捜査員の一部が無表情にプレスコットを見つめていた。ここにもゲーム好きが何人かいるようだ。

「ゲームの線も調べよう。それとは別に、誘拐事件発生時の標準的な手続きも進める。ミズ・チャベル名義の電話はすべて盗聴してくれ。ボーイフレンドか夫はいるのか」

スタンディッシュが言った。「ボーイフレンドが。ジョージ・ハノーヴァー」

「そのボーイフレンドと、被害者の両親が存命なら、両親の電話番号も盗聴だ」

「存命です」ショウは言った。「両親はマイアミに住んでいる。もらった資料にみんな書いてありますよ」

「ボーイフレンドと両親の経済状況も調べてくれ。犯人はその財力を当てにして身代金を要求してくる可能性がある。この地域の登録性犯罪者のリストをくれないか。誘拐された女性がストーキング被害に遭っていなかったかも調べてほしい」

プレスコットは話し続けていたが、ショウの注意は途中でそれた。廊下から会議室に入ってこようとしている男に気づき、会議室のガラスの壁越しにその男を目で追った。ダン・ワイリーだった。緑色の制服を着ている。それでも、そのまま警察官役で映画に出られそうなくらい警察官らしい雰囲気はあいかわらずだった。

ワイリー刑事は――連絡係に異動したいまは別の肩書きで呼ばれているのかもしれないが――大判の封筒を持っていた。会議室のドアをノックし、プレスコットがうなずくのを待ってなかにはいり、スタンディッシュを目で探して近づいてきた。

プレスコットが言った。「巡査、それはチャベル誘拐事件に関連した書類かね」

「ええと、昨日の被害者――ヘンリー・トンプソンについての監察医の報告書です」

「こちらで受け取ろう。この捜査は州捜査局が指揮を執る」

スタンディッシュをちらりと見たあと、ワイリーは封筒をプレスコットに渡して部屋を出ようとした。

しかし出口でふと立ち止まり、振り返ってショウを見た。そして悲しげな笑みを浮かべた。ショウの解釈が正しければ、詫びの気持ちを伝えようとしているのだろう。

ショウは返事の代わりにうなずいた。

怒りに時間を浪費するべからず。

プレスコットが封筒を開け、なかの書類に目を通した。それから一同に向かって言った。「新しいことはとくになさそうだ。ヘンリー・トンプソンは銃で一発撃たれて絶命した。九ミリの銃で、カイル・バトラー殺害に使用されたのと同じグロック17と断定された。死亡推定時刻は、金曜の午後十時から十一時。頭部に鈍器による傷があり、この結果、頭骨が折れて脳震盪《のうしんとう》を起こしていた。銃創を受ける前、かつ崖から転落する前だ。被害者は――」

ショウは質問した。「折れていたのは頭のどの部位ですか」

プレスコットが目を上げ、わずかに首をかしげた。「何だって？」

スタンディッシュが言った。「折れていたのは頭のどの部位ですか」

「なぜ？」

スタンディッシュが答えた。「知っておきたいからです」

プレスコットは報告書に目を走らせた。「左蝶形骨《ちょうけいこつ》」そう答えてふたたび顔を上げた。

「ほかに質問は」

スタンディッシュはショウに視線を向けた。ショウは首を振った。「ありません。ありがとうございます」

プレスコットは一瞬、スタンディッシュを見つめた。それから説明を再開した。「被害者は、オキシコンチンを水に溶いたものを注射されていた。致死量ではなく、一時的に眠らせる程度の量だった」二名いる女性の制服警官の一方に報告書を渡す。「人数分のコピーを頼む。そのあと、ホワイトボードに書き写してもらいたい。男より女のほうが字がきれいだろう」

報告書を受け取った女性巡査の唇は、小さく引き結ばれていた。

スタンディッシュが低い声でショウに言った。「頭のどこを殴られたか、私はどうして知りたかったわけ？」

「外に出ないか」ショウは小声で言った。

スタンディッシュは会議室を見回した。「そうね。どのみち私たち、いないも同然みたいだから」

会議室を出ようとして、たまたまカミングスのそばを通った。するとカミングスが待てというように片手を軽く上げた。スタンディッシュとショウは足を止めた。

また何か面倒なことを言い出す気か？

カミングスはプレスコットとホワイトボードに視線を固定したまま言った。「きみら二人が何を企んでいるのか、私は知りたくない。だが、思うとおりにやれ。そして急げ。

任せたぞ」

55

ふたたびクイック・バイト・カフェに戻った。

ショウは常連の何人かの顔をすっかり見覚えた。近くのテーブルには、赤と黒の格子縞のシャツを着た若者がいる。相手の気が変わったのか、残酷ないたずらだったのか、きれいな若い女性とのデートの期待を裏切られた若者だ。ほかにも、この店を第二の我が家としている顔ぶれが十人くらいいた。常連同士で話に花を咲かせている客、電話を耳に当てている客もいるが、ほとんどはパソコンと心を通わせていた。

ショウは携帯電話でネットに接続し、医療情報サイトを検索していた。解剖図をスタンディッシュのほうに向ける。ヒトの頭骨の図で、構成する一つひとつの骨の名前が書かれていた。蝶形骨は、眼窩《がんか》のすぐ奥にある骨だった。

「折れた骨はそれ？」スタンディッシュは少し考えてから言った。「位置はわかった。次の疑問は——犯人は右利きなのかどうか」

「そう、次に検討すべき事柄はまさにそれだ。もし右利きなら、トンプソンを正面から殴ったことになる。さらに言うなら、正面から殴ったと考えていいだろうね。左利きは人口の一〇パーセント程度しかいない」

スタンディッシュはカフェの店内にゆっくりと視線を巡らせた。「順番に考えてみようか。トンプソンが車で走ってくるわよね。尾行してきた犯人はトンプソンを追い越して、少し先に車を停めて待つ。それから石をフロントウィンドウに投げつける。トンプソンが車を降りる。そこに銃を持った犯人が近づいてくる。トンプソンは強盗だと考える。強盗に遭ったときの鉄則その1。あきらめて車のキーを渡す。車はまた買えるから」

「ところが犯人は銃で殴りつけ、トンプソンの頬の骨が折れた。つまり犯人は、トンプソンに自分の顔を見られてもかまわないと考えていたことになる。たとえ覆面をかぶっていたとしても、何らかの特徴は覚えられてしまうだろう。犯人は最初からトンプソンを殺すつもりでいたんだ」

スタンディッシュが言った。「ダン・ワイリーがプレスコットに渡した報告書にあった死亡推定時刻。あれでぴんときた。そういうこと？」

ショウはうなずいた。「トンプソンは拉致されてから一時間程度で殺害された計算になる。犯人はビッグベースンレッドウッズ州立公園にトンプソンを運び、崖まで歩かせて、すぐに射殺したわけだ。とすると、遺体の発見につながる焚き火を熾したのは〝ゲーマー〟だ。そのときウィスパリング・マンの落書きを残した」

「不気味なゲームをリアルで再現してるわけじゃないことになりそうね」

「そうなるね」ショウは言った。「トンプソン殺害の動機を隠すためにゲームを利用している。私の当初の推理に立ち戻ることにもなるな。私は初め、トニー・ナイトがマーティ・エイヴォンを業界から追い払うために誰かを雇ってサイコ野郎を演じさせたのではないかと考えた。それは誤りだった。だが、仮説そのものが間違っていたわけではなさそうだ」

「ソフィー・マリナーの事件は、偽装工作の一環にすぎないってこと？」スタンディッシュが訊く。

「そう」

「エリザベス・チャベルは？」

「ソフィーと同じだ」

「じゃあ、まだどこかで生きてる可能性がある」

「犯人はあくまでもゲームの続きだと思わせたいはずだ。とすると、エリザベスはおそらく生きている」

スタンディッシュが言った。「そう考えると、最大の疑問は——ヘンリー・トンプソン殺害の動機を持っているのは誰か」

「トンプソンは同性愛者の権利向上を求める活動をしていた。議論の中心人物だったのかな」

「カレンと私はゲイ・コミュニティの一員なわけだけど、トンプソンのことは名前すら聞いたことがない。ベイエリア在住のゲイなんて珍しくも何ともないしね。同僚刑事でもないかぎり、誰もいちいち気にしない」スタンディッシュはぎこちない笑みを見せた。

「ブログにはほかにどんなテーマで記事を書いてた？　誰かの秘密をうっかり握っちゃったんだろうって気がするけど」

ショウはブライアン・バードから聞いたトンプソンに関する情報をメモしたノートを取り出し、ページをめくった。「ヘンリー・トンプソンはこのところ、三つのテーマで記事を書いていた。うち二つはさほど注目を集めそうにない――ソフトウェア業界の収益源と、シリコンヴァレーの不動産価格の暴騰」

「そうね、いまさらな話題」スタンディッシュは唇をすぼめて息を吐き出した。

「問題は三つ目かな」ショウはメモを読み上げた。「ゲーム会社がゲーム会員の個人情報を不法に収集して転売しているという件」

スタンディッシュは、その問題は初耳だと言った。

「でも、個人情報を収集しているゲーム会社なんて数百はありそう」

「たしかに。だが、手始めに調べるべき会社の心当たりが一つあるんだ」

「得意の確率で言うと、何パーセント？」

「一〇パーセントかな」

「何もないより一〇ポイント高いってことね。その会社というのは？」

「ホンソン・エンタープライゼス」

ショウはゲーム用のゴーグルの話をした。ゴーグルを着けてゲームを始めると、家や裏庭が架空の戦場に変わる。「ほとんどの会社は、プレイヤーの積極的な行動からデータマイニングする。たとえば、会員登録申込書に記入する、アンケートに答える、クリックして商品を買うといった行動だ。しかしホンソンは、プレイヤーが気づかないところでもデータを集められる。ゴーグルにカメラがついているから、ゲームをプレイしているあいだに見たものをすべて情報として吸い上げられる」

　スタンディッシュが身を乗り出した。「自宅にどんな製品があるか。どんな服を着ているか、子供は何人いるか、病人や高齢者はいるのか、ペットは飼っているか。そういう情報をデータマイニング会社に売る。考えたものね。で、ヘンリー・トンプソンはそのことをブログに書こうとしてた……だけどそれって、人を殺してまで隠すようなことだと思う、ショウ？　だって、ジェムのおむつを買うのに使えるクーポンとか、あなたの豪華キャンピングカーのオイル交換の割引券とかを送ってくる程度のことでしょ。陰謀っていうほどのものでもない気がする」

「それだけではすまないと思う。これはマディーから聞いた話なんだが、ホンソンはゲームやゴーグルをアメリカ軍に無料で渡しているらしい。兵士や乗組員がゲームをプレイすれば、機密が視野に入ることもあるだろう――武器、配備命令、人員の移動に関する情報――ホンソンのゴーグルは、そういった情報もキャプチャーして送信できる」

「音声の録音ファイルも」

　ショウはうなずいた。携帯電話をしまってノートパソコンに替え、ホンソン・エンタープライゼスを検索した。「中国政府ともつながっているな。ゴーグルがスキャンした情報がそのまま中国の国防省に流れていないともかぎらない。中国の国防機関の名称が〝国防省〟なのかどうかは知らないが」

スタンディッシュの携帯電話がメッセージを受信した。すぐに返事を送る。この事件に関するやりとりだろうか。スタンディッシュは携帯電話をしまって言った。「カレンからだった。いい知らせ。最後のハードルをクリアできたって。養子縁組が認められたの。私たち、前から子供は二人ほしかったの」

「今度は男の子? それとも女の子?」

「今度も女の子。セフィーナ。四歳。イーストパロアルトで起きた人質事件で私が救出した子でね、一年半くらい前から里親家庭に預かってもらってた。母親はドラッグばかりで母親らしいことをする気なんてまったくないし、母親のボーイフレンドには逮捕状が出てたし」

「セフィーナか」ショウは言った。「きれいな名前だ」

「サモア系なの」

ショウは訊いた。「ホンソンの件だが、プレスコットに話したほうがいいかな」

「話したところで、あの人たち、何もしないわよ。いい機会だから覚えといて、ショウ。〝パターン〟。あの人たちは何だってパターンに当てはめようとする。身代金の要求、銃にドラッグ、逆上《ラン・アモック》したカップル」ここでスタンディッシュは眉をひそめた。「反対語は〝ラン・マック〟? 幸せで落ち着いてるとき、人は堆肥《マック》のなかを走り回るってこと?」

ショウはラドンナ・スタンディッシュ刑事の人柄に大いに好感を抱き始めていた。ノートパソコンの電源を落とし、ノートと一緒にパソコンバッグにしまう。「私はどうにかしてホンソン・エンタープライゼスにもぐりこむ」

「マディーに協力してもらうのは？」

「それは期待できない。私が行ってマーティ・エイヴォンにかけ合ってみる」

スタンディッシュが不服そうに舌を鳴らした。「〝私たち〟は解散ってわけ？」

「一つ訊いていいか」ショウは言った。

「何よ」

「家にいて、セフィーナとジェムの面倒を見ているのは誰だ？」

「カレン。在宅でお料理ブログを書いてるの。どうして？」

「とすると、きみは失業するわけにはいかない。そうだろう？　いや、答えなくていい」

スタンディッシュは唇を引き結んだ。「そんなこと言ったって、ショウ――」

「私は撃たれた経験がある。炎に包まれた木からロープを使って下りたこともある。襲いかかってこようとしたガラガラヘビの頭をちょん切ったこともある――」

「最後のは嘘でしょ」

「いや、本当さ。あとは何かな、ピューマとにらみ合いをして勝てることは、きみももう知っているか」

「それなら」

「それは認める」

「無謀なことはしない。いまきみが言いかけていたのがそれなら」

「そのとおりだけど」

「何か新しいことがわかったらすぐに連絡する。そこからはきみの出番だ――機動隊に出動要請を出してくれ」

56

「アストロ基地ですよ」

マーティ・エイヴォンはショウに向かってそう言ったが、視線はデスクの上の高さ五十センチほどのおもちゃに注がれていた。着陸脚がついた赤と白の球体。その愛おしげな目を見て、ショウは妹のドリオンとその夫を連想した。あの二人が自分の娘たちを見るときの目にそっくりだ。

「一九六一年発売。プラスチック製。モーターつき。ほら、宇宙飛行士を見てやってください」小さな青い宇宙飛行士がクレーンでエイヴォンのデスクに下ろされようとしている。「当時はまだ宇宙ステーションなんてものはありませんでしたからね。ともあれ、おもちゃ会社はいつだって一世代くらい時代を先取りしてました。光線銃だって撃てるし、探索もできるんです。電池は必要ですけどね。夢中になって遊びましたよ。二週間もするとさすがに飽きますけど。おもちゃなんてそんなものです。チューインガムだってずっと噛んでいれば飽きる。コカインも同じだ。肝心なのは、すぐに次を供給できるかどうか。

ところで、あまり時間がないんです」エイヴォンは視線を上げ、ショウを見て言った。「シリコンヴィルの件で人と会う約束があって。従来の不動産開発業者から反発を食らっているんですよ。何をいまさらって話ですが」エイヴォンはそう言って片目をつぶった。「手の届く価格の住宅、雇用事業者の補助金つき――そりゃ文句も言いたくなるでしょうね、向こうにしてみれば！」

シリコンヴィルの話を聞いていると、十九世紀後半から二十世紀前半にかけて発展した企業城下町を思い出す。父が子供たちに読み聞かせた西部開拓時代の本でよく描写されていたから、ショウもそのことはよく知っていた。当時は、鉄道会社や鉱山会社が自社の労働者のための町や村を開発することがよくあった。家賃も、食料品や日用品の価格も法外に高く、労働者の借金はかさむ一方だったため、その会社で働き続けるしかなくなった。

社会主義的な発想を持っているらしいエイヴォンなら、シリコンヴィルを別のやり方で運営していくのだろうとショウは思った。

「また新たな誘拐事件が発生しましてね。前の二件と関連しているのではないかと。ぜひご協力いただけませんか」

「え、またですか。今度の被害者は？」

「女性です。三十二歳。妊娠中」

「なんてことだ。ひどいな」

　このエイヴォンは善良な人間なのだなとショウは思った。事件発生の一報を耳にしてとっさに出た言葉は、〝僕や僕のゲームの評判をまた落とすつもりか〟といった主旨のものではなかったからだ。

「あれからプロキシの追跡は続けてますよ。なんとかして容疑者を絞りこみたいですからね。しかし、思ったよりも時間がかかってしまいそうです。これまで十一人の接続元を突き止めましたが、そのなかにこの地域から接続している会員はいなかった」

「たった十一人？」

　エイヴォンは表情を曇らせた。「ええ、時間がかかりすぎですよね。でも、スーパーコンピューターが使えるわけじゃないですから。つけいる隙がないプロキシもなかにはあって、まるで歯が立たない。もちろん、プロキシというのはそのためにあるわけですけどね」

　ショウは言った。「この時間帯も条件に加えてください。犯人が接続していなかった時間帯です」ショウはノートを見せ、エリザベス・チャベルが拉致された前後の時刻を指し示した。

　エイヴォンは派手なしぐさですばやくキーを叩き、最後にリターンキーを押した。

「これでよし」

「もう一つお願いしたいことが。新たな仮説を立てました。ホンソン・エンタテインメント」

エイヴォンが言い直す。「〝エンタープライゼス〟ですね。ホン・ウェイは目標を単なるエンタテインメントよりずっと高いところに置いているようですよ。ゲームは彼のビジネスの一部にすぎない。ほんの一部にすぎないんですよ」

「『イマージョン』はご存じですか」

エイヴォンは笑った。その顔はこう言っていた――〝知らない者がいったいどこに？〟。

「じゃあ、仕組みもご存じですね」

エイヴォンの落ち着きのない長い指は、空色の宇宙飛行士をアストロ基地のなかに戻した。「次の質問はきっとこうでしょう。あのゲームのアイデアを思いついたのが自分だったらよかったのにと思うかどうか。いいえ。仮想現実《バーチャルリアリティ》やモーションベースのゲームエンジンは、よさそうに思えますよね。でも、世界に十億人以上いるゲーマーのほぼ全員が、暗い部屋にじっと座ったままキーボードを叩いたり、ゲーム機のコントローラーを握り締めたりしているわけです。それはなぜか。暗い部屋にじっと座ったままキーボードを叩いていたいからです。『イマージョン』は革新的なゲームですよ。ホンソン・エンタープライゼスはあのゲームの開発に何億、何十億ドルも注ぎこみました。ホンソンは、シリコンヴァレーの基準で言えばそういやな奴じゃありませんが、いやな奴であることには変わりない。世のゲーマーがバニーちゃんみたいに裏庭を跳ね回るのにすぐ飽きて、ホンが路頭に迷うことになろうが僕の知ったことじゃありません。きっとそうなると思いますしね。どうしてか？　それはあのゲームが……」エイヴォンは眉を吊り上げた。

「おもしろくないから？」ショウは言った。

「よくできました《エクザクタモン》！」エイヴォンは奇妙なフランス語のアクセントで言った。

　この子供じみたにこにこ顔の男が史上もっとも趣味の悪いゲームの一つを開発したとは。

「『イマージョン』が単なるゲームではないとしたら？」

　エイヴォンはいぶかしげに目を細め、宇宙基地からショウに視線を戻した。ショウは説明した。プレイヤーが『イマージョン』をプレイしながら自宅内を動き回ると、ゴーグルに仕込まれたカメラが撮影した画像がホンソン・エンタープライゼスのサーバーに送られ、ホンソンはそのデータを第三者に販売しているのではないか。

　エイヴォンが目を見開く。「驚いたな。そんなことを思いつくなんて、天才だな。もう一度訊いてくださいよ、そのアイデアを思いついたのが自分だったらよかったのにと思うか」

「もう一つ、仮定の話があります」ショウは続けた。「ホンソンはそのゴーグルをアメリカ軍の兵士に無償で供給している。おそらく政府のほかの機関の職員にも」

「機密データを盗むためだと思うんですね？」

「ええ、もしかしたら」

「なるほど」エイヴォンは思案顔で言った。「そうなると、データ量が膨大になるな。民間企業が処理するのは無理でしょうね。中国政府がどんなコンピューターを使ってるか、知ってます？　ＴＣ－４です。処理速度三五ペタフロップス。世界最強のスーパーコンピューターですよ。そのクラスのスパコンを使えば処理が追いつくかもしれない。しかし、それと僕が作ったゲームがどう関係してるんです？」

ショウは言った。「二人目の被害者。ヘンリー・トンプソン。彼は自分のブログに、ゲーム会社が会員の個人情報を盗み取っているという記事を掲載しようとしていました。ホンソンは――またはどこか別のゲーム会社が――その記事が出るのを妨害しようと考え、何者かが頭のおかしなゲーマーを装ってトンプソンを殺したのかもしれない」

「僕の協力がほしいと言ってましたが、どんな？」

「ホンソン・エンタープライゼスに関わりのある人物から話を聞きたい。理想的には、ホンソンの社員。誰か紹介していただけませんか」

事件の中心にあるのはエイヴォンが開発したゲームだ。たとえエイヴォンは無関係だとしても、捜査にちょっと手を貸すくらいのことはしてくれてもいいのではないか。

「社員のなかに個人的な知り合いはいません。ホンは秘密主義の人物ですからね、控えめに言っても。でも、世間はせまい。少なくともシリコンヴァレーはね。ちょっと待ってください。電話してみます」

57

生まれつき一つところにじっとしていられない人間であるとはいえ、コルター・ショウは短気というわけではない。エリザベス・チャベルの監禁場所がわからず、彼女の命が危険にさらされ、〝ゲーマー〟は『ウィスパリング・マン』の再現ゲームの最終仕上げに入ろうとしているところかもしれない。それでもショウは、エディー・リンが現れるのを根気よく待った。

エイヴォンは五つ六つ電話をかけ、ようやくホンソン・エンタープライゼスにつながりそうなコネを見つけた。トレヴァーという人物――この人物について、エイヴォンはそれ以上のことを明かそうとしなかった――が、ホンソンの社員であるエディー・リンとショウを引き合わせる役割を演じることになった。エイヴォンはこのために多大な代償を支払った。話のなりゆきからすると、ショウとリンの面会と引き換えに、いくつかのソフトウェアのライセンスを格安で与える約束をしたようだった。

ショウはいま、約束の時刻に約束の場所で待っている。待ち合わせ場所は、丹念に設計され、丹念に手入れされている公園だ。砂利を表面に埋めこんだコンクリートの歩道がヘビのように曲がりくねりながら延び、柔らかそうな芝生やアシの茂み、花壇、木々がそのあいだを埋めている。芝生はＣ３ゲームショーで見た異星人の皮膚のように輝いていた。穏やかな池では、赤や黒や白の大きな魚が泳ぎ回っている。

色彩のバランス配分は完璧で、何もかもがレーザーで切断したかのようにきっちりと刈りこまれ、理想的な均整が保たれていた。

おかげでコルター・ショウは落ち着かない気持ちでいる。木々や水、土や岩が自然に作り上げた風景のほうがずっといい。

歩道をぶらぶら歩くと、ホンソン・エンタープライゼスのアメリカ本社がちらりと見えた。銅にミラー加工をしてドーナツ形にしたようなまばゆい建物だった。建物の片側に巨大な通信アンテナが四つある。

おそらく、盗んだデータを空に向けて送り出すのに必要なのだろう。

リンからは、シダレヤナギの前のベンチに座って待つように言われている。そこが埋まっていたら、隣のベンチ。実際に来てみて、そこを指定した理由に納得した。そこなら本社の建物から見えないのだ。第一候補のベンチは空いていた。ベンチの後ろに鬱蒼としたツゲの茂みがあって、アンモニアのようなにおいを漂わせている。

ベンチにじっと座っているうちにだんだん落ち着かなくなってきて、沈没しかけた船に閉じこめられているエリザベス・チャベルの安否も気になり、ついに携帯電話で時刻を確かめたとき、張り詰めたように甲高い男の声が聞こえた。「ミスター・ショウですね」

エディー・リンは背が高く、痩せていて、年齢は三十歳ぐらいと見えた。顔立ちはアジア系だ。左胸にホンソン・エンタープライゼスのロゴが入ったポロシャツに、ややゆったりとしたデザインの濃い灰色のスラックスという服装だった。

トレヴァーからショウの外見を聞いていたのだろう。リンはショウの隣に腰を下ろした。手を差し出すこともなかった。ショウの頭を馬鹿げた考えがよぎった。握手をすれば自分のDNAがショウの手に移るのではと不安なのだろうか。それがこの密会の証拠になると怯えているのだろうか。

「数分しか時間がありません」リンは眉を寄せて言った。「すぐにまたオフィスに戻らないと。こうして会うことにしたのは……」理由を言いかけたところで言葉を濁した。

トレヴァーに何か弱みを握られているからだろう。恐喝は褒められた行為ではないが、ときに有用なツールとなる。

「連続誘拐事件のことはご存じですね」

「ええ、知ってますよ。テレビのニュースじゃその話ばかりだから。ひどい事件だ。しかも一人は殺されたって」甲高い声で早口に言う。

ショウは先を続けた。「殺された男性は、ゲーム会社が会員の個人情報を盗んでいるのではないかという疑惑をブログ記事にしようとしていました。もしかしたら『イマージョン』について調べていたのではないかと」

「え、まさかミスター・ホンが関係してるとでも？」

「それはわかりません。しかし一人の女性の命が懸かっています。手がかりらしきものを残らず追うしかない。これもその一つです」

リンはポロシャツの襟をもてあそんだ。「あなたは何なんです？　ミスター・トレヴァーからは、私立探偵みたいな人だって聞いたけど」

「警察の捜査に協力しています」

リンはショウの答えを聞いていなかった。ざらざらした歩道を踏んで近づいてくる足音が聞こえたとたん、身をこわばらせた。ショウはリンの反応を見て初めて足音に気づいた。

リンはベンチの座面に両手をついた。いつでも立ち上がって全速力で逃げられるようにだろう。

しかし、足音の主は女性の二人組だった。一人は大きなおなかを抱え、ベビーカーを押していた。ベビーカーに乗った小さな赤ん坊はすやすや眠っている。二人は氷入りの飲み物を手におしゃべりをしながら歩いてきた。もう一人の女性のほうが年齢が若く、うらやましそうな目でベビーカーをちらりと見た。こちらの女性は会計士か何かだろう。二人は近くのベンチに腰を下ろし、睡眠時間の短さを自慢し合うようなおしゃべりを続けた。

リンは見るからに安堵した様子で話を続けた。ただし、さっきよりもずっと小さな声で。「ホンは妥協のない人だ。情け容赦ない。でも、人を殺すとは思えない」

「あなたはプログラマーですよね」ショウは言った。「マーティ・エイヴォンからはそう聞いていますが」

「そうです」

「『イマージョン』のプログラミングを？」

リンの目が公園をさっと見回した。脅威はないと納得したのだろう、ショウのほうに顔を近づけて言った。「少し前はそうだった。拡張パックのプログラムを書きました」

「私たちの仮説を話します。それについてあなたの考えを聞かせていただけますか」

リンはごくりとつばをのみこんだ。さっきベンチに腰を下ろしたときから何度もそうやって喉を鳴らしていた。「わかりました」

ショウは『イマージョン』のゴーグルを利用して情報を盗み取っているのではないかという仮説を話した。「そういうことは可能ですか」

リンは驚いたような表情でその仮説を咀嚼した。それからまず首を振った。「あのゴーグルのカメラは高解像度です。だからデータが大きすぎて……そうか、もしかしたら……」薄い唇が小さな三日月形を描いた。「動画をアップロードするんじゃなくて、スクリーンショットなら、ＪＰＥＧならいけるか。さらに圧縮してＲＡＲ形式にすれば。そうか、それならいけるな！　圧縮した画像ファイルをほかの情報と一緒に本社のメインフレームに送信する。ここで処理して、第三者に売るか、うちの会社で利用する。うちには広告やマーケティング、コンサルティングの部署もあるから」

「ホンが政府の機密情報を盗み取っているリスクもありそうです」ショウは言った。

「『イマージョン』を数万人の兵士に無償で配っている」

リンは怯えた様子で左右の指先を合わせた。いまの話で政府がらみのウサギ穴に落ちたようなものだ。不安になるのは当然だろう。

「何か思い当たることがあるんですね」ショウは言った。リンがわずかに目を細めたことに気づいていた。

一瞬、ためらったあと――「本社の地下に施設があります。裏のほうに。一般の社員は立ち入れない。その施設の社員と交流はいっさいありません。来客はヘリコプターで来て、その施設に入って、用件をすませて、帰っていく。ミネルヴァ・プロジェクトって呼ばれてると聞いた。でも、何をやってるプロジェクトなのかは誰も知らないんです」

「ぜひ協力してください」ショウは言った。

しかし、リンが答える前に、背後でがさがさと音がした。

しまった――ショウはふいに気づいた。妊娠四カ月から五カ月と見える女性に、生まれたばかりの赤ん坊がいるわけがない。ベビーカーの赤ん坊は人形だ。ショウは立ち上がり、リンの腕をつかんで言った。「逃げろ、急げ！」

リンが息をのむ。

すでに遅かった。

妊娠中の女性はベビーカーを脇に押しやって立ち上がろうとしている。〝友人〟は手首を口もとに持ち上げ、そこについたマイクに何かささやいていた。背後から聞こえたがさがさという音の主は警備員らしき二人の男で、ツゲの茂みから飛び出してこようとしていた。アジア系の大柄な二人組の動きは、事前に振りつけをしたかのように隙がなかった。一人はグロックの銃口をリンとショウに向け、もう一人が二人のポケットの中身を探ってすべて出した。

冷たい目をした新米ママが二人の所持品を受け取った。その女がコーチのバッグを開いた拍子になかがちらりと見えた。この女も銃を持っている。グロックの九ミリ。カイル・バトラー殺害に使われたのも同じタイプの銃だった。おそらくは、ヘンリー・トンプソンを殴りつけ、のちに殺した銃も。

黒いSUVが現れ、タイヤをきしらせながら広々とした歩道に停まった。ショウたちから一メートルと離れていない。警備員の一人がショウの腕をつかみ、もう一人がリンの腕をつかむ。二人はSUVの真ん中のシートに押しこまれた。運転席とは透明なアクリル板で仕切られていた。内側にドアハンドルはない。

「待って、話を聞いてくれ」リンが叫んだ。「誤解だ!」

もう一台、別の車が来た。黒いセダンだ。女二人はそちらに乗った。〝友人〟がドアを押さえて妊婦を先に乗せた。この捕物劇を計画したのはあの妊婦だろう。すばらしく冴えた計画だったと認めないわけにはいかない。

セダンの運転手がおり、ベビーカーをたたんでトランクに入れたあと、人形も放りこんだ。

58

「どこに連れていく気だ？」エディー・リンが訊いた。声はバランスの悪い洗濯機のように激しく震えていた。SUVは複雑な仕組みのセキュリティゲートの前でいったん停止し、ゲートが開くと、スピードを上げてそこを通過した。

リンの発した質問について、ショウは二種類の感想を抱いた。一つは、リンは自分のことしか考えていないということだ。自分が助かるためなら、喜んでショウをオオカミの群れの前に放るだろう。もう一つは、そんな質問をするだけ無駄だということだ。アクリル板で隔てられた前部シートに並んだ警備員二人にリンの声が聞こえていたとしても、答えるとは思えない。

SUVはホンソン・エンタープライゼスの未来的な本社の裏口の前で停まり、二人は車から降ろされ、なかに入るよう促された。入るとすぐ、下りの階段があった。妊婦が乗ったセダンはついてきているのかと、ショウは背後を振り返った。車は見えなかった。

「きょろきょろするな。歩け」ショウの腕をつかんだ大柄なほうの警備員が言った。

〝人の腕のつかみ方〟を熟知していたトニー・ナイトのボディガードと比べても力が強

かった。

「そう手荒にしないでくれないか」ショウは言った。

ショウの腕をつかんだ手がかえって乱暴になっただけだった。

リンに引き綱は必要なかった。やや小柄なほうの警備員の隣をおとなしく歩いている。

二人は薄暗い廊下を延々と歩かされた。地下にあるらしいのに、清潔そのものだ。壁には何もない。どこか遠くから機械の作動音が聞こえていた。

二分ほど歩いた先にエレベーターがあった。それに乗って五階に——最上階に上がった。扉が開くと、こぢんまりとした質素なオフィスがあった。受付の木製デスクに座っていた四十歳くらいの女性が警備員にうなずいた。ショウとリンは、その女性の背後の大きな両開きの扉の奥へと引き立てられた。その奥の部屋は受付のある部屋よりも広かったが、質素という意味ではいい勝負だった。数十億ドルの売上を誇るコングロマリットのCEOの仕事場には似つかわしくない。

だが、二人の前にいるのは、そのCEOだった。ホン・ウェイ。ネットで検索してダウンロードしたさまざまな記事の写真を見て、ショウも顔は知っていた。黒い髪のアジア系で、年齢は五十歳くらい。スーツに白いシャツ。ネクタイは青い光をちらちらと放っていた。ジャケットの前ボタンは留めてある。ショウとリンは、向かい側の椅子に座らされた。警備員二人は、近すぎず遠すぎずの距離——礼儀にかなってはいるが、一方で一秒とかからず首をへし折れそうな距離——を置いてショウたちの背後に立った。

いま四人が入ってきた扉がふたたび開いて、妊娠中の女が入ってきた。持っていたファイルをデスクの向こう側に座ったＣＥＯに手渡す。「こちらをご覧ください、ミスター・ホン」

「ありがとう、ミズ・タウン」

ショウは不可解な事実に目を留めた。ホンのデスクにはパソコンがない。電子機器は一つも見当たらなかった。携帯電話も固定電話もない。

ホンはファイルを開き、なかの文書に丹念に目を通した。

リンはいまにも泣き出しそうな顔をしていた。ショウはエディー・リンとの密会の代償として何らかの罰を与えられることになるだろうと覚悟したものの、ばらばらにされてサンフランシスコ湾の水生動物の餌にされることはないだろうと思った。それならいまごろはもう餌にされているだろう。

ホンが事件に関与している確率は何パーセントか低下した。

ホンはまだ書類を読んでいた。ゆっくりと。筋肉一つ動かす気配がない。まばたきさえ一度もしていないのではなかろうか。

ホンの右側に、黄色い木の鉛筆が何本も並んでいた。ショウは大学の夏休みに臨時で働いた木材伐採場を思い出した。ホンの左側にも同じ鉛筆が何本か並んでいる。右側の鉛筆の芯は針のように尖っていた。左側のものは丸まっている。電子的なコミュニケーションの危険性を熟知しているホンは、紙と鉛に信頼を置いているということだろうか。

ホンは、目の前に並んだ二人がこの世に存在しないかのように無視して書類を読み続けた。

リンが息を吸いこみ、何か言おうとした。だが、黙っているほうが賢明だと思い直したらしい。

時間の無駄……

ショウは待った。ほかにできることはない。

ホンはようやく書類を読み終え、ショウに目を向けた。「ミスター・ショウ。きみがいまここにいるのは、私有地に不法侵入したからだ。きみが座っていた公園は、ホンソン・エンタープライゼズが所有している。その旨の掲示が複数あったはずだ」

「どうやら私の目には見えなかったようです」

「あの公園は私有地であると考えるべき手がかりはあっただろう」

「フェンスの外側の植栽と内側の植栽が同じだとか?」

「そのとおり」

「たとえ法廷でそう主張しても、陪審は納得しないでしょうね」

「きみたちの会話は聞こえていたから、このミスター・リンが企業秘密をきみに漏洩しているところは――」

「そんな、違います!」もとより高い声がいっそう甲高くなっていた。「僕はただ――」

「きみを拘束する正当な理由が我々にはあることになる。食料品店で万引きした泥棒と同じことだ」

　ショウはミズ・タウンを一瞥した。その顔は穏やかで自信に満ちあふれていた。勤務を終えて家に帰れば、きっと愛情深く子供に甘い母親なのだろうとショウは思った。すぐそばに空いた椅子があるのに、ミズ・タウンは立ったままでいた。

　ホンがファイルを指先で叩いて言った。「きみは懸賞金で生活しているそうだな」

「ええ」

「自分の職業をどう呼んでいる？　賞金稼ぎか」

「世間ではそう呼ばれることもあるようですね。私自身はそうは言いません」

「私立探偵とはまた違うようだね。保釈保証業者でもない。行方不明者や逃走犯、身元や所在が明らかになっていない容疑者の捜索を支援し、見返りに懸賞金を受け取りながら、キャンピングカーで、国中を、そう、インディアナ州からバークリーまで旅して回っている」

　ショウはたびたびマスコミに取り上げられているとはいえ、この短時間でそれだけの情報を集めるとは。それに、ここに来る直前にインディアナポリスとマンシーで仕事をしたことまで、いったいどうやって調べたのか。「ええ、おっしゃるとおりです」

　ホンの表情がほんのわずかに明るくなったように見えた。「私立探偵、警察、賞金稼ぎと呼ばれるのは好まないにせよ、謎を解いて生計を立てているわけだ。状況を分析し、それに基づいて判断をする。判断のためには優先順位をつける必要もあるだろう。場合によっては、その三つすべてを同時に、しかも迅速に行わなくてはならないこともあるだろうね。そのバランスに人の生死がかかっていることもあるかもしれない」

ホンの思考の流れがどこに向かっているのか、ショウには見当がつかなかった。しかし〝優先順位をつける〟という表現は核心を突いていると思った。ショウのパーセンテージ・テクニックはまさにそのためにあるのだから。「おっしゃるとおりです」

「ミスター・ショウ。きみはゲームをプレイするかな」

あのたった一度のほかに？　もう二度と会わない美しい女に刺し殺される結果に終わったあの一度以外に？「いいえ」

「これを尋ねたのは、ゲームをやれば、きみの仕事にまさに必要なスキルが向上するからだ」

ホンはデスクの抽斗に手を入れた。

ショウは身がまえることさえしなかった。ホンは銃やナイフを取り出そうとしているのではない。

ホンは雑誌をショウの前に置いた。『アメリカン・サイエンティスト』。ショウも読んだことのある一般向けの月刊科学雑誌だ。アマチュア物理学者だったアシュトンは、熱心な読者だった。ホンはポストイットで印をつけたページを開いてショウのほうに押しやった。

「読む必要はない。私から概要を説明する。数年前に出たこの記事が、私にミネルヴァ・プロジェクトの着想を与えた」

ショウは記事のタイトルを確かめた。〈ビデオゲームが健康によい影響を及ぼす可能性はあるか〉。

ホンが続けた。「いくつかの名門大学が合同で行った、ゲームが心身に与えるメリットに関する研究報告だ。まもなく世界に向けて発表する予定でいてね、ミネルヴァ・プロジェクトの情報を伏せておく必要もなくなった。ミネルヴァ・プロジェクトというのは、我々の治療的《セラピューティック》ゲーム開発部のコード名だ」ホンは記事を指先で叩いた。「この研究結果は、ビデオゲームが注意欠陥障害や自閉症、アスペルガー症候群のほか、めまいや視覚障害といった生理的不調を大幅に改善する可能性があることを示している。高齢患者に試験的にゲームをプレイしてもらったところ、記憶力や集中力が著しく向上したという報告もある。

持病がない人々にもメリットがある。少し前に言ったように、きみの仕事にもメリットがあるのではないかな、ミスター・ショウ。ゲームをプレイすると、認知能力が向上し、反応が速くなる。複数のタスクを切り替える能力、空間認識能力、視覚化する能力など、さまざまなスキルも向上する」

優先順位をつける……

「きみの言っていた謎めいたプロジェクトとはこれだよ、ミスター・リン。ミネルヴァとは、ローマ神話の知恵の女神の名だ。あるいは、私はこの呼び方が気に入っているのだがね、認知機能を司《つかさど》る女神だ。私は会社を経営している。CEOとして、ホンソン・エンタープライゼスの収益を増やさなくてはならない。セラピューティック・ゲームのエンジンを開発できれば、それを使ったアクション・アドベンチャーやファーストパーソン・シューティングを開発して、それで収益を上げられると考えた。その結果が『イマージョン』だ。

というわけで、きみの疑念を晴らそう——きみがミスター・リンに接触した理由だ。『イマージョン』にまつわる懸念。ところで、きみは『イマージョン』をプレイしたことがあるようだね。ついさっき、ゲームはやらないと言っていたが」

ショウは驚きを顔に出さないようにした。今後は、ホン・ウェイはショウのことを何から何まで知っているものと考えたほうがよさそうだ。

「そう、『イマージョン』の目標は、世界中の若者を椅子から立ち上がらせ、運動させることだ。私は空手とテコンドーで黒帯を取得しているし、アフロ＝ブラジリアン・カポエイラの道場にも通っている。いま挙げたようなスポーツをやるのは、楽しいからだ。嫌がっている人間に何と言おうと、無理に運動させることはできない。しかし好きなことなら、ちょっと背中を押すだけでいい。好きなことをすると運動になるのなら、運動だってやるだろう。それが『イマージョン』だよ。

我が社が機密データ、とくに軍事データを盗んで中国政府に渡しているのではないかときみが表明している会話の録音を二件聞いた」

二件？

「その懸念について言えば、そう疑いたくなる気持ちは理解できないでもない。きみはある若い女性の命を救おうとしているわけだからね。しかし、これは信じてほしい。『イマージョン』の着想を得て、プレイヤーの前方を撮影するカメラの開発に取りかかった瞬間から、プライバシーが最大の懸念事項になるだろうと考えていた。だから、私自身が直接監督して、カメラがとらえた文章、文字、図表やグラフ、写真は、認識不可能なレベルまで画素を粗くするようなアルゴリズムを開発した。人影らしきものが服を脱ぐ動作を始めたときも同様だ。トイレや衛生用品も。交尾中はもちろん、犬がおしっこをしている姿さえも『イマージョン』のシステムにはアップロードされない。猥褻《わいせつ》な言葉も取り除かれる。

全国の警察機関や軍、政府当局と連携し、プライバシーの侵害が起きないよう徹底した。これについて確認したいなら」ホンの目は一瞬だけミズ・タウンのほうを向いた。ヘビの舌のようにすばやい一瞥だった。ミズ・タウンが進み出て、ショウに一枚の紙を渡した。四つの名前と、それぞれが勤務する警察機関と連絡先が記されていた。一番上はFBI、二番目は国防総省だ。

ショウは紙を折りたたんでポケットにしまった。

ホンはエディー・リンのほうに顔を向けた。そしてショウに向かって話していたときと同じ落ち着き払った平板な声で言った。「ミスター・リン。今日のミスター・トレヴァーとの会話の内容をミズ・タウンから聞いたとき――ミスター・ショウと会うようになかば脅されたという話を聞いたとき……ああ、何の話かわからない芝居はしなくていい。きみと結んだ労働契約書を見てみなさい。会社はきみの通信を傍受できるという項目があるはずだ」

「そんなこと知りませんでした」

「その項目をきみが読まなかったからだろう。つまりきみの落ち度だよ。話を戻そう。ミズ・タウンからきみの背信行為を聞かされたとき――」

「そんなんじゃありません――」

大理石のように冷たいホンの視線がリンを黙らせた。

「アンドリュー・トレヴァーの会社にしたのと同じことをしようとしているのだと考えた。トレヴァーが著作権を持つプログラムをもとにきみが書いたプログラムを第三者に売ったね」

トレヴァーが握っているリンの弱みはそれか。他人のプログラムを盗んだのだ。

「大したものじゃない」リンは言った。「本当です。僕は楽勝で書けたというだけのことで、誰だってあれくらい書けますよ」

「だが、ほかの誰も書かなかった。書いたのはきみだ。きみがうちに来た当初から、いつか私を裏切《アップ・ザ・リヴァー》るのではないかと警戒していた」ホンは額に皺を寄せた。「〝アップ・ザ・リヴァー〟で合っているかな。〝ダウン・ザ・リヴァー〟だったか?」

「〝ダウン〟」ショウは言った。「奴隷売買が元になった表現です。ニューオーリンズの。〝アップ〟だと全然違う意味に（「刑務所へ送りこむ」になる）」

「そうか」ホンは新しい知識を得て満足げな表情を浮かべた。「今日、きみが犯した罪は、著作権で保護されたプログラムを盗むことではなかった。背信行為だ。したがって、きみのホンソン・エンタープライゼスでのキャリアは、今日をもって終了した」

「そんな！」

「この件は完全な悪意から出たものではなかった。その点を酌量《しゃくりょう》して、当初はきみがこの業界で二度と働けないようにしようと考えていたが、そこまではしない」

リンは目を見開いた。涙が光った。「一月《ひとつき》ください。転職先を見つけるまで、一月だけ。お願いします」

ホンの無感動な顔を、信じがたいという表情が一瞬だけよぎった。ホンはミズ・タウンを見た。大きくふくらみ始めている腹部に手を置いていたミズ・タウンがうなずく。ホンが続けた。「きみのオフィスの片づけはすでにすんだ。私物はバンでサニーヴェールのきみの自宅へ運ばれている。裏のポーチに置いておくことになっている。すぐに帰ったほうが無難だろう。このオフィスを一歩出たら、警備員が車まで付き添う。そのまま敷地から退去してくれ」

「住宅ローンが……支払いが遅れているんです」

ショウは口を開きかけた。ホンが顎を引いて言った。「ミスター・ショウ、この可能性があることは最初からわかっていたのでは？」

　確率は二〇パーセントと見積もっていた。

「この一件はハッピーエンドに終わり、私は秘密を失わず、サボタージュの被害も被らなかったから、きみの調査に協力しようという気になった。ミスター・トンプソン、殺害されたブロガーは、データマイニング業界の秘密、人を殺してでも守りたいような秘密を暴こうとしていたと考えているようだが、それはまずありえないのではないかな。個人情報を盗む？　いまどきは誰もがスポンジのように他人のデータを吸い上げている。行きつけのチェーン店でサブマリンサンドイッチを作っている若者、行きつけの修理工場、行きつけのコーヒーショップ、行きつけの薬局、ふだん使っているインターネットブラウザー——信用情報機関、保険会社、かかりつけの病院は言うまでもない。データは新しい時代の酸素だ。どこにでもある。ある製品の供給が過剰になったとき、何が起きる？　価値が低下する。個人情報のために人を殺す者などいないだろう。誘拐犯を捕まえるには、別のところに目を向けるべきだろうね。では、がんばってくれたまえ」

　ホンは鉛筆を一本取り、芯の先端を確かめてよしというようにうなずいてから、伏せて置いてあった書類を引き寄せた。そして独り言をつぶやいた。「アップ・ザ・リヴァー。ダウン・ザ・リヴァー」そしてまたうなずいた。

　そして、ショウとリンが出口に向かい、文字を読み取れない距離まで離れたことを確認してから、書類を表に返した。

59

ショウとスタンディッシュは、JMCTF本部別館にいた。すなわちクイック・バイト・カフェだ。

スタンディッシュが電話を終えて言った。「ホン。ホンソン・エンタープライゼスも。完全にシロ。国土安全保障省、FBI、国防総省にも裏を取った」

「サンタクララ郡中等教育監督委員会にも」

「え、どこ……？」スタンディッシュは顔をしかめ、ショウをちらりと見た。「ああ、冗談で言ったのね。めったに冗談なんか言わないくせに、ショウ。違うな、冗談を言わないわけじゃない。笑わないから、冗談だか本気だか区別がつかないだけ」

スタンディッシュはペンをテーブルに放り出した。このときまで電話の内容を書き留めるのに——というより、落書きをするのに使っていたペンだ。ハート形のイヤリングをもてあそぶ。「私たち、空振りばかりしてる。ナイトでしょ。次がホンソン・エンタープライゼス。なのに、あなたは私が想像してたほど落ちこんでないみたい」

「空振り？」ショウは怪訝《けげん》な顔で聞き返した。「ナイトからエイヴォンにつながった。ホン・ウェイは、トンプソンが殺された理由はおそらくデータマイニング業界ではないと教えてくれた」

スタンディッシュの携帯電話が鳴った。応じたスタンディッシュの声の感じからすると、かけてきたのはパートナーのカレンだろう。

ショウはノートパソコンを引き寄せ、ネットに接続し、地元テレビ局のニュースサイトをもう一度眺めた。ノートを開いてメモの用意をする。ざっとながめたニュースのなかには、エリザベス・チャベル誘拐事件に関連していそうなものはなかった。

サバイバリズムには、あまり議論されない側面がある。それを運命と呼ぶ人々もいれば、寿命と呼ぶ人々もいる。もう少し地に足のついた人々なら、不運と呼ぶだろう。崖っぷちに追い詰められる。とうてい切り抜けられそうにない窮地に置かれる。そこで死ぬしかないような、あるいは凍傷で足の指を失うしかないような、絶体絶命の危機。

その結果は？　無事に生き延びるのだ。足の指を一本たりとも失うことなく。

誰かが、あるいは何かが介入するからだ。

コルター・ショウは、十二月のサバイバル走でそのことを知った。十四歳のときだ。父の車に乗せられてコンパウンドの片隅まで行き、そこで一人きりで降ろされ、二日がかりでロッジに戻るサバイバル走に出発した。必要なものはすべて持っていた。食料、マッチ、地図、コンパス、寝袋、武器。空は青く、空気は冷たかったが、気温は零下ではなかったし、ロッジまでのルートにさほどの難関はなく、景色のよいところばかりだった。

出発から一時間、カシの倒木を伝って流れの速い川を渡ろうとした。カシの倒木は、シロアリとクマバチの住まいになっていなければ、頼りになる橋だっただろう。だが、虫たちは何年も前から木の内部で宴会を続けてきた。もろくなった木が割れて、コルターは川に落ちた。

水の冷たさに息をのみながら、コルターは川岸に這い上がった。寒さで体が激しく震えた。

パニックに陥ることはなかった。冷静に状況を評価した。マッチは防水の容器に入っている。ナイフは身につけていた。だがバックパックはものすごい力で川底に引きこまれていき、あきらめて手を離すしかなかった。落ち葉を集め、マツの枝を切った。コルターはまもなく焚き火で体を温めていた。四十分ほどすると、深部体温は安定した。だが、そこはロッジから十五キロ以上離れているうえに、コンパスも地図もピストルもなくしてしまっていた。ようやく動ける程度に体が温まり、ブーツが乾いたころには夕方になっていて、それから山中を歩くのは危険だった。それよりも、完全に暗くなる前に、なかで焚き火ができるくらい大きな差し掛け小屋を造ることに時間を使うべきだと判断した。空気は雨のにおいをさせていた。

そこで差し掛け小屋を造った。周囲が見えなくなるほど暗くなるまでのあいだ、木の実を集めて貯蔵場所に運ぶリスを観察した。灰色のリスだけを目で追った。赤い毛のリスは木の実を埋めない。ショウは主のいなくなった巣穴に貯めこまれていたクルミを集めた。ドングリも食用になるが、茹でてタンニンを抜いてからでないと苦くて食べられない。小川の水を飲み、木の実を食べた。川に落ちる前にたどっていた、大ざっぱに口ッジの方角に向かっている小道を確認し、安心して眠りについた。

六時間後、目が覚めると、外は猛吹雪だった。雪は五十センチ以上積もっていた。

コルターの思考は絶望の底に沈んだ。雪は、昨日のうちに確かめておいた小道を覆い尽くしていた。食料はクルミ四個しか残っていなかった。

ここで死ぬのだろうか。

ショウはゆるやかに起伏する真っ白な風景を観察した。差し掛け小屋のとなりに何かある。オレンジ色の大きなバックパックだった。それを小屋のなかに引っぱりこみ、震える手でジッパーを開けた。エナジーバー、ワイヤソー、余分のマッチ、地図、コンパス、保温寝袋が入っていた。それにもう一つ。いまも持ち歩いているコルト・パイソン357。その銃は、父が大切にしていたものだった。

アシュトン・ショウは、コルターを降ろしたあと、まっすぐロッジに帰ったわけではなかった。ずっと息子のあとを追っていたのだ。

介入……

そしていま、同じことが起きた。

ショウの電話が鳴った。おもちゃ好きのCEO、マーティ・エイヴォンからだった。

「プロキシのほうはまだまだなんですけどね。念のためお知らせしておいたほうがいいかなと思って。会員の一人が、いまから数時間前にVPNをオンにしないで——つまりプロキシを経由しないでログインしたんです。それで実際のIPアドレスが表示された。

病的に長時間プレイするユーザーで、事件が起きたときはオフラインだったっていう例の基準に一致するんですよ。マウンテンヴューの住宅を突き止めました」

「手がかりが見つかったかもしれない」ショウはスタンディッシュに言った。「マーティからだ」

スタンディッシュは私用電話を切り、ショウの電話を受け取って短いやりとりを交わしたあと、自分のメールアドレスをエイヴォンに伝えた。通話を切るなり、スタンディッシュの携帯電話が着信音を鳴らした。「陸運局のデータベースに照会してみる」スタンディッシュはそう言って文字を入力した。「よし、と。転送した」

しばらく無言で待った。ショウはカフェを見回した。コンピューターの歴史が展示された壁をながめる。配管工のマリオにハリネズミのソニック。ヒューレットとパッカード。セミトレーラーほどもありそうに巨大な世界最初の電子計算機ＥＮＩＡＣ。それからショウの目はカフェの入口を見つめた。マディー・プールと初めて会ったときのことを思い出す。マディーはあの入口から入ってきた。赤い髪を指に巻きつけながら。

きっとこう思ってるところよね。このストーカーじみた女はいったい何の用だ？……

スタンディッシュの携帯電話がまた着信音を鳴らした。

届いたメッセージにすばやく目を走らせる。「氏名はブラッド・ヘンドリクス。逮捕状は出ていない。逮捕歴もない。高校時代に何度も警察に呼ばれてる。いじめが発端の喧嘩。いじめた側か、いじめられた側かはわからない。告発には至ってない。顔写真はこれ」

写真を一目見た瞬間、内心の驚きが顔に表れたに違いない。

「どうしたの、ショウ?」

「見たことがある」

それは、赤と黒の格子柄のシャツの若者、このクイック・バイト・カフェで――いまショウとスタンディッシュが座っている席から二つ離れたテーブルで、きれいな若い女性に冷たくはねつけられていたあの若者だった。

60

ブラッド・ヘンドリクスは十九歳で、定時制のコミュニティカレッジに通っており、マウンテンヴュー地区の低所得者層が多く暮らす地域に両親と住んでいた。学校に通いながら、パソコン修理店で週十五時間ほど働いている。高校時代の喧嘩では、ブラッドがいじめられた側で、いじめた少年数名を待ち伏せした。骨が折れたりするほどの喧嘩ではなく、何人かがほんの少し鼻血を流した程度だった。誰か一人が悪いというわけではないため、親たちは警察の手を借りずに話し合いでことを収めた。ブラッドは、『ウィスパリング・マン』をはじめデスティニー・エンタテインメントのゲームを週に四十時間ほどプレイしていた。ほかのゲーム会社のゲームにも同じように時間を費やしているに違いない。SNSはほとんど利用していなかった。フェイスブックやインスタグラム、ツイッターに投稿するより、一人でゲームをやるほうが性に合っているのだろう。ラドンナ・スタンディッシュはさっそくクイック・バイト・カフェで聞き込みを開始し、ブラッド・ヘンドリクスの写真を見せて回った。ブラッドはその日のもっと早い時間帯には来ていたが、いまはカフェにいなかった。

ショウは関連する手がかりを追っている。スタンディッシュのIDやパスワードを借りてサンタクララ郡やカリフォルニア州の記録を閲覧し、わかったことを仕事用のノートの一つにメモしていった。

椅子の背にもたれ、いまは何も表示していない画面を凝視した。

「どうかした？」スタンディッシュがテーブルに戻ってきた。「クリームをもらった猫みたいな顔して」

「猫はカナリアを捕まえたときのほうがうれしそうじゃないか？」

「死んだ小鳥よりクリームのほうがおいしそうでしょ。ブラッドは、今日の午前中にあなたがここで見かけたとき以来、この店には来ていないみたい」いま店にいるなかに、ブラッドと知り合いだという客はいない。オンラインで知り合ったとブラッドが言い張り、若い女性と言い争いになった一件は何人かが覚えていたが、それ以前にブラッドをここで見かけたことはないという。

スタンディッシュは何かを財布にしまった。それからショウに言った。「好かれちゃった。警察の人間だから」

「誰に?」

「ティファニー。クイック・バイト・コーヒー割引クラブの終生会員にしてくれた。あなたもそうじゃないの?」

「招待状がメールで届いているのかもしれないな」

「利用しなさいよ。ティファニーはあなたのことを気に入ってるんだから」

ショウは答えなかった。

スタンディッシュは真顔に戻って言った。「で、猫とクリームの件だけど……何かわかったんでしょ、ショウ。エリザベスを救える可能性はありそう?」

「たぶん」


第二次世界大戦後まもなく建てられたものらしき古い住宅が並んだ通りに車を駐めた。コンクリートブロック造りの家、木造の家。どれも頑丈そうだ。地震の危険があるからだろうか。すぐに思い直した。違う。子供がブロックで作ったような住宅にそこまでの深慮が注ぎこまれているとは思えない。建てる、売る。次に取りかかる。

ここは富裕層が住むマウンテンヴューではないほうのマウンテンヴューだ。フランク・マリナーの家があるあたりともまた違う。イーストパロアルトほどではないが、それでも治安が悪くてみすぼらしい。一〇一号線の往来の音が絶え間なく聞こえていて、空気は排気ガスのにおいをさせていた。

各戸の庭は、メートルではなくセンチで測ったほうがよさそうな広さで、ほとんどはまったく手入れされていなかった。雑草、黄色く枯れた芝生、砂をかぶって干からびたむき出しの地面。花はない。草木に水をやる金――カリフォルニア州の水道料金は高い――は、生活必需品やべらぼうな税金、住宅ローンに回っているのだろう。

ショウはマーティ・エイヴォンの夢、シリコンヴィルのことを考えた。ほんの三十分前にネットで見つけた文章を思い出す。

> 過去数十年、シリコンヴァレーはＮＢＴ《ネクスト・ビッグ・シング》――〝次に来るもの〟を探してきた。インターネット、ＨＴＴＰプロトコル、いまより速いＣＰＵ、いまより大容量の記憶装置、携帯電話、ルーター、ブラウザーの検索エンジン。その探求には終着点などないだろう。だが、シリコンヴァレーの誰もが見過ごしてきたメッセージがある。それは不動産こそ真のＮＢＴであるということで……

ショウがいま観察している住宅は、この界隈では典型的なバンガロー風の一軒だった。外壁は緑色で、ペンキが剝げたところを補修してあるが、使われたペンキの色合いが微妙に異なっていた。屋根から広がった雨染みが錆色の涙のように羽目板を伝い落ちている。箱やパイプやプラスチック容器、腐りかけた段ボール、溶けてどろどろになりかけた新聞の束が放置されていた。

ガレージ前のスペースに古ぼけた半トンのトラックが駐まっている。赤いボディは陽に焼けて白茶けていた。ショックアブソーバーはやる気をすっかり失っているのだろう、車体が右に傾いている。

ショウが車を降りてその家の玄関に向かおうとしたところで、ドアが開いた。毛髪の残りが乏しくなりかけた大柄な男が出てきた。灰色のダンガリーのスラックスに白いTシャツ。険悪な目をショウに据え、大股で近づいてきて、一メートルほど離れたところで立ち止まった。身長は百八十五センチくらいか。汗とタマネギのにおいがただよった。

「何の用だ？」男が語気鋭く言った。

「ミスター・ヘンドリクスですか」

「何の用かと訊いてんだよ」

「ほんの数分、お時間をいただきたいのですが」

「差し押さえに来たんなら、無駄足だったたな。支払いが遅れてるったって、たかが二カ月だ」男はおんぼろトラックのほうにうなずいた。

「ローンの差し押さえではありません」

男は通りの左右に目をやりながら考えていた。最後にショウの車を見つめた。「俺はミネッティだ。ヘンドリクスは女房の旧姓」

「ブラッドはあなたの息子さんですか」ショウは尋ねた。

「女房の連れ子だ。あいつ、今度は何をしでかした？」

「ブラッドのことでお話があります」

「あいつならいないよ。学校にでも行ってるんだろ」

「そのとおりです。学校に確認しました。私はあなたとお話がしたい」

大柄の男は横目でショウをうかがった。「警察じゃなさそうだな。それなら最初にそう言ってるはずだ。警察なら警察だって先に言わなくちゃならない。法律でそう決まってるからな。で、あの小僧は今度は何をした？　あんたの妹をもてあそんだんじゃないはずだ。あんたの妹がパソコンだっていうなら話は別だが」男は顔をしかめた。「言いすぎた。妹がどうとか。悪かった。あいつはあんたから金を借りたのか」

「違います」

男はショウを眺め回した。「あんたを殴り飛ばしたってのもありそうにないな。あいつにそんな度胸はない」

「いくつかお尋ねしたいことがあるだけです」

「なんで俺がブラッドのことをあんたにしゃべらなくちゃならない？」

「一つ提案があります。なかに入りませんか」

ショウはブラッドの継父の脇をすり抜けて玄関に向かった。ドアの前で立ち止まって振り返る。継父はゆっくりと歩いてきた。

バンガロー風の家は、かびと猫のおしっことマリファナのにおいが染みついていた。

フランク・マリナーの家の内装がグレードCだとすると、この家のランクはさらに下だ。どの家具もみすぼらしく、ソファや椅子のくたびれたクッションは、そこに長時間座り続けた尻の形にへこんでいた。コーヒーテーブルやエンドテーブルにはカップや食べかすがこびりついた皿が積み上げられている。廊下の奥を人影がよぎるのが見えた気がした。黄色い部屋着を着た太った女性と見えた。ブラッド・ヘンドリクスの母親か。突然やってきた客を夫が招き入れてあわてている。

「で？　提案ってのは何だ」

椅子を勧めることさえなかった。

まあいい。ショウも長居をするつもりはなかった。「息子さんの部屋を見せていただけませんか」

「あんたの頼みを聞く義理はないな。どこの誰だかもわからないのに」

女性の顔――月のように丸く青白い顔――がこちらをのぞいた。二重顎の下に、くわえ煙草のオレンジ色に輝く先端がぶら下がっている。

ショウはポケットから五百ドル分の二十ドル札を取り出し、ブラッドの継父に差し出した。継父は現金を見つめた。

「勝手に部屋に入るとあいつが怒る」

交渉している時間はない。ショウは一瞬だけ相手の目を見た。メッセージは伝わったはずだ――五百ドルで応じるか、断るか、二つに一つ。

ブラッドの継父は廊下をのぞき――女性はまた姿を消していた――ショウの手から現金をひったくってポケットに押しこんだ。そして脂じみて散らかったキッチンのそばのドアにうなずいた。

「家にいるときはずっとそこだ。暇さえありゃゲームだよ。俺があの年ごろだったときには、ガールフレンドが三人いたもんだがな。スポーツをやらせようとしたが、興味がないらしい。入隊も勧めたよ。ふん。結果は言わなくたってわかるよな。俺と女房があいつを何て呼んでるか教えてやろうか。カメだよ、カメ。部屋から出てくるたびに甲羅に首を引っこめる。外の世界をシャットダウンする。ゲームばっかりやってるとそうなるんだよ。ベスが洗濯物を取りに下りてくだけでも気に入らないらしい。罠でも仕掛けてあるんじゃないかと思うときがある。あんたも気をつけな」

口には出さなかったが、そのあとにこう付け加えられるのが聞こえるようだった――不用意にそこらのものに触ったせいであんたの手が吹き飛んだりして、警察を呼ぶ羽目になるなんてのはごめんだからな。

ショウは継父の脇を抜け、ドアを開けて地下室に下りていった。

地下室は暗く、かびのにおいが目や鼻に襲いかかってきた。家に漂っているにおいの元はここらしい。石油化学製品に独特の、濡れた石と熱せられた油のにおいもしている。一度嗅いだら、嗅覚が忘れないにおいだ。箱や脱ぎ捨てられた衣類、壊れた椅子、傷だらけのテーブルがごちゃごちゃに押しこまれたような部屋だった。無数の電子機器もある。ショウはぎしぎしとやかましい階段を半分下りたところで立ち止まった。

部屋の真ん中にパソコンが鎮座している。巨大なディスプレイ、キーボード、ボタンがたくさんついたトラックボール。マディーが話していたことを思い出す。ゲーマーは、パソコンでプレイするのを好むタイプと、ゲーム専用機を好むタイプに二分される。しかしブラッド・ヘンドリクスは任天堂のゲーム機も三台持っていて、その隣にマリオブラザーズのゲームカートリッジが何本もあった。

任天堂。

弱い者の味方をする騎士をまつった神殿……

ああ、マディー……

部屋の隅にパソコン用のキーボードが五つか六つ転がっている。印字された文字や数字、記号はすり減って消えかけていた。キーごとなくなっているところもあった。使えないものをなぜとっておく？

ショウは危なっかしい階段をまた下り始めた。安心して上り下りするには、釘が足りない箇所が三つ四つある。腐ってたわんでいる段もあった。ショウの体重は八十キロだが、ブラッドの継父は百十キロか二十キロくらいありそうだ。継父はこの地下室にはめったに下りてこないのだろう。

コンクリートブロックの壁の塗装はまだらで、白やクリーム色の塗り跡を透かしてコンクリートの灰色が見えていた。ゲームのポスターが何枚も貼ってある以外、装飾らしい装飾はない。ポスターの一枚は『ウィスパリング・マン』のものだった。血色の悪い顔、黒いスーツ、遠い時代を象徴するような帽子。

誰も助けてはくれない。脱出できるものならやってみるがいい。さもなくば尊厳を保って死ね。

壁にフローチャートが貼ってある。大きさは幅九十センチ、縦百二十センチ。ショウの筆跡と同じくらい小さいが、はるかに無造作な文字で、『ウィスパリング・マン』の各レベルの進行具合が書きこまれていた。戦略や攻略法、チート法の走り書きも無数にある。ブラッドはレベル9まで進んでいるようだ。チャートのてっぺんのレベル10〈地獄〉にはまだ何も書かれていない。たしかそのレベルに到達したプレイヤーはまだ誰一人いないのだ。

ボックススプリングの上にくたくたになったマットレスが置いてあるだけで、ベッド枠はない。ベッドは乱れたままだった。空の皿やソフトドリンクの缶や瓶が枕のそばに放置されている。買ってから十年はたっていそうなCDラジカセの隣に音楽CDが積み上げてあった。ブラッドは可処分所得をすべてゲーム機器に注ぎこんでいるようだ。

ショウはブラッドの椅子に腰を下ろし、スクリーンセーバーをながめた。ドラゴンが延々と旋回している。まるまる三分、催眠効果のありそうなその動きを目で追った。それから携帯電話を取り出し、電話を二本かけた。一本はラドンナ・スタンディッシュに。もう一本はワシントンDCの番号だった。

61

「これに好き好んで来る人がいるの？　これの何が楽しいの？」

コルター・ショウとラドンナ・スタンディッシュは、C3ゲームショーのごった返した会場を歩いていた。ショウはバックパックを肩にかけていた。会場入口で女性警備員が大きな箸のような道具を使ってそのなかを丹念に調べた。スタンディッシュは金のバッジを提示したが、ショウが荷物検査を免除されることはなかった。

スタンディッシュはきょろきょろとあたりを見回していた。左、右、後ろ、上。どこもかしこも大型高解像度ディスプレイだらけだ。

「もう頭痛がしてきたんだけど」

前回来たときと同じように、無数の音が耳に襲いかかってきた。宇宙船のエンジン、異星人の叫び、マシンガン、光線銃……終わりのない電子音楽の腹に響く重低音は、どのゲームとも無関係に鳴り続けている。ゲームショーの運営者は、パン屋にネズミがいてはいけないように、ほんの数秒であっても無音の瞬間があってはならないと恐れてでもいるかのようだった。

ショウは大声で言った。「このあたりはまだ静かなほうだ」

二人は若者が大多数を占める参加者のあいだをすり抜けるようにして進んだ。途中でホンソン・エンタープライゼスのブースの前を通った。

HSE最新作
IMMERSION――イマージョン――
ビデオゲームの新機軸

ショウは、ゴーグルを手に興奮した顔つきで並んでいる参加者をさっとながめた。

マディー・プールはいなかった。

スタンディッシュが言った。「一つ決めたわ、ショウ。うちの娘たちにゲームはやらせない」

ジェムとセフィーナがゲームをやるような年齢になるころ、どんなゲームが世の中に出ているだろう。スタンディッシュとカレンがゲーム機のコントローラーやパソコンのキーボードから娘たちを遠ざけておこうとどれほど努力したところで、結局は無理なのではないか。

数分後、二人はナイト・タイムのブースに来た。トニー・ナイトのパートナーでありゲーム開発者のジミー・フォイルが入口で二人を出迎えた。

フォイルはショウの手を握り、紹介を受けてスタンディッシュとも握手を交わした。

「話はなかで」フォイルは入口の奥へと顎をしゃくった。

フォイルの案内でブース内の作業エリアに入った。前日、ショウがナイトやフォイルと初めて会った部屋だ。三人は会議テーブルについた。フォイルは『コナンドラム』新バージョンのプロモーション資料を脇に押しやった。社員が三人、パソコンに向かって仕事をしていた。前回と同じ顔ぶれなのかどうか判別がつかない。ナイト・タイムの社員はみな不気味なほどそっくりだ。

スタンディッシュがフォイルに言った。「『ウィスパリング・マン』の登録会員から容疑者を探す方法を教えてくださったそうですね。ありがとうございました」

「ちょっと思いついただけのことですから」フォイルは控えめに言った。前日に会ったときと変わらず内向的な態度だった。マスコミがフォイルを〝黒子に徹する人物〟と評していたことをショウは思い出した。

ショウはあらかじめフォイルに電話をかけ、新たな誘拐事件が発生したこと、容疑者を見つけたことを伝え、また助言をもらえないかと頼んでおいた。フォイルも了承していた。

ブラッド・ヘンドリクスの件をショウから説明した。

スタンディッシュが付け加えた。「おそらく彼で当たりだと思いますが、証拠があるわけではありません。逮捕状を申請するだけの根拠がないんです……」そう言ってショウを見やる。

「ブラッドは両親と一緒に住んでいる」ショウは言った。「両親に会ってきました——

本人はいま学校の授業中です。それで……ブラッドの継父を説得して、協力を取りつけました」

フォイルが訊いた。「義理の息子を売ったというわけですか」

「ええ、文字どおり。五百ドルで」

フォイルは額に皺を寄せた。

「これを持ち出す許可をもらいました」ショウはずしりと重たいバックパックをテーブルに置いた。フォイルがなかをのぞく。外付けハードドライブ、ディスク、サムドライブ、SDカード、CD、DVD、書類、ポストイット、鉛筆やペン、キャンディやチョコレート。「ブラッドのデスクにあったものを手当たりしだいかき集めてきたので」

スタンディッシュが言った。「いくつかはなかを確かめました。接続のしかたがすぐにわかるハードドライブやカード類だけですけど。ただ、中身はちんぷんかんぷんで」

「解読できる人間が必要だということですね」フォイルは言った。「かといって、コンピューター犯罪課には頼めない。逮捕状が取れないから」

「そうです」

「あなた方が考えていることは……」

「変則的な捜査ですから」スタンディッシュは身を乗り出し、抑揚を抑えた声で続けた。「たとえこのなかから証拠が見つかったとしても、法廷には提出できない。でも、そんなことを言ってる場合ではないんです。被害者の命が最優先ですから」

フォイルが尋ねた。『ウィスパリング・マン』のゲームプレイを再現していると仮定して、今度の事件はどのレベルに当たりますか」

「〈沈みゆく船〉」

フォイルは困惑顔をした。「サンフランシスコ周辺で？　タンカーやコンテナ船が数百隻はありますよ。その大部分が放棄された船だ。フィッシャーマンズワーフ、マリン。レジャーボートも無数にある……」

ショウは言った。「今度出る『コナンドラム』は拡張現実《AR》ゲームでしたね。マーティ・エイヴォンから聞きました。ふつうのサーバーでは処理しきれないが、おたくのサーバーはスーパーコンピューターだから可能だと」

「ええ、そのとおりです」

「そのスパコンを使えば、パスワードを割り出せますか」

「やってみてもいいですが」フォイルはバックパックをのぞいた。「SATA接続のハードドライブに三・五インチの裸のハードドライブ、SD……サムドライブ。自作のものもあるようですね。見ただけでは何なのかわからない」フォイルは顔を上げた。新たな課題を前にして、目が輝いているように見えた。「シンメトリック・バックドアがあるかもしれない。もし第一世代のDESを使っているなら、誰でも簡単に解読できる」

ショウとスタンディッシュは顔を見合わせた。二人は〝誰でも〟には当てはまらない。

「仮にそうなら、数時間で複合化したテキストや画像をお渡しできますよ。もしかしたら数分で」

スタンディッシュは携帯電話で時刻を確かめた。「ブラッド・ヘンドリクスの授業はそろそろ終わります。コルターと私はブラッドを尾行します。エリザベスのところに行くかもしれないから。でも彼女をこのまま放置して死なせる気でいるなら、あなただけが頼りです」

62

三十分後、ラドンナ・スタンディッシュが運転するニッサン・アルティマは、サンタクララ郡西部を走っていた。行けば行くほど周囲の景色は寂しくなっていく。尾行中の車からは充分に距離を取っていた。

ショウはジミー・フォイルにメッセージを送った。

ブラッド・ヘンドリクスは車で移動中――自宅とは別の方角。スタンディッシュと二人で尾行中。監禁場所に向かっている可能性あり。まだ何とも言えません。解読作業の進行具合は。

まもなくフォイルから返信が届いた。

最初のSATAドライブは解読不能。トゥーフィッシュアルゴリズムを使っている。SDカードの解読にとりかかったところ。

ショウは返信を読み上げた。

スタンディッシュが苦笑を漏らした。「トゥーフィッシュ？　コンピューター用語って変なものばかり。そういう名前は誰が考えるのかしらね。どうして〝アップル〟？　どうして〝マッキントッシュ〟？」

「グーグルならまだわかるがね」

スタンディッシュは横目でショウを見た。「たまには笑いなさいよ、ショウ。何かのコンテストみたい。いつか笑わせてやるんだから」ニッサン車はまた二つカーブを抜け、坂道のてっぺんで速度を落とした。前方の車にあまり近づくと、バックミラー越しに気づかれてしまう。

彼方に青い太平洋《パシフィックオーシャン》がもやの下に横たわっていた。こうして遠くから見ると、その名のとおり平和《パシフィック》に見えた。

「応援は？」ショウは訊いた。

スタンディッシュは携帯電話をちらりと確かめた。「まだ」

カリフォルニア州捜査局（CBI）の機動隊に応援要請ができないことは二人とも承

知していた。二人の捜査は〝非公式〟だからだ。このまま捜査を続けたければ、上層部に話を通して了解を取るしかないが、その時間はない。スタンディッシュはいくつかメッセージを送り、〝非公式の〟応援を要請した。だが、これまでのところ返信がない。

スタンディッシュがまたメッセージを送った。

ショウはマディーからもらった『ウィスパリング・マン』の攻略本を開いた。エリザベス・チャベルの監禁場所が判明したとき——判明することがあれば——救出の参考にできそうな情報がないか、ページをめくっていく。

レベル3：沈みゆく船

あなたはフォレスト・シャーマン級駆逐艦、米国艦船スコーピオン号に閉じこめられている。スコーピオン号は敵の魚雷にやられ、サメの棲む海に沈んでいこうとしている。一番近い陸までは百五十キロある。きみがいるのは船内の一室で、そこには水の入ったボトル、綿のハンカチ、両刃のカミソリ、アセチレントーチ、エンジン潤滑剤がある。

スコーピオン号には多数の乗組員が残されているが、救命いかだは一艘《そう》しかなく、船内のどこかに隠されている。船が沈没する前に救命いかだを探さなくてはならない。

攻略のヒント

1　乗組員の死者が増えれば、その分、ほかの乗組員が使える物資は増える。

2　スコーピオン号は呪われており、一九四五年に沈没した、同じ名前を持つ第二次世界大戦中の駆逐艦スコーピオン号の乗組員の幽霊が出没する。新スコーピオン号の乗組員が一人死ぬたび、幽霊一体が安息の眠りにつく。

3　周辺の海中を何か大きな生物が泳いでいる。メガシャークかもしれないし、潜水艦かもしれないが、敵なのか味方なのかははっきりしない。スコーピオン号の無線通信設備は、魚雷攻撃で破壊されている。

誰も助けてはくれない。脱出できるものならやってみるがいい。さもなくば尊厳を保って死ね。

ショウはマディー・プールが余白に記したメモを読んだ。レベル3、沈みゆく船のページの余白にはこうあった。〈ほかのレベルに比較して、刃物を使う戦闘が多い。ナイフ？　カミソリ？　ガソリンも。トーチを探すこと。〉

本の最初のページにも書きこみがあった。

ＣＳへ

あなたは負《ゲ》けない《ーム》。
わたしは負けない。
二人とも負けない……
キスとハグを
ＭＰ

スタンディッシュが言った。「ショウ？」

ショウは攻略本を膝に下ろした。

スタンディッシュが言う。「訊きたいことがあるの。どんな印象を持った？　ブラッド・ヘンドリクスの家を見て。両親はどんな人？」

「ＡからＺまでよくない印象だな。義理の父親は、何を疑われているのかさえ確かめもせずに義理の息子を喜んで売った。母親は、肘掛け椅子に座ってテレビをながめているだけのだらしのない人間だ。家にはマリファナのにおいが染みついてる。夫を見る母親の目は〝選択を誤った〟と叫んでいるとしか見えない。身体的な暴力があるのかどうかはわからない。おそらくないと思う。家はとにかくひどい有様だった」

「だから息子はゲームにはまっちゃうのね。現実の人間と触れ合った経験がないから」

カメ……

現在のルートは、ますます人気《ひとけ》のない丘陵や森へと向かっていた。道が蛇行しているのは尾行する側に有利だった。木々や茂みがこちらの車を隠し、先を行く車のクロームやガラスが日光を跳ね返して、尾行を容易にしている。

「銃は持ってる？」

「持っている」

「彼を撃たないでね」スタンディッシュが言った。「万が一そういうことになると、書類仕事がたいへんだから……」スタンディッシュはちっちっと舌を鳴らした。

「きみもユーモアのセンスがあるんだな」

「冗談で言ったわけじゃないってば」

先を行く車が未舗装の道路にそれた。

スタンディッシュはブレーキをかけた。二人は車載ナビで検索した。名もない道は三キロほど先で海に突き当たっていた。分岐する道は一つもない。スタンディッシュはふたたび車を出した。前の車との距離を保ちながら、見失うことのないよう適度な間隔でついていく。バランスが肝心だ。逮捕のタイミングが早すぎてはいけない。チャベルの監禁場所へは案内してもらわなくてはならないのだから。かといってあまりのんびりしているわけにもいかない。チャベルにとどめを刺しに来たのだとすれば、すばやく動いて阻止しなければならない。

ニッサン車は、大揺れしながら時速十五キロほどででこぼこ道を進んだ。

「新しい部署を立ち上げられないかと思ってる」

「JMCTF内に？」

スタンディッシュはうなずいた。「シリコンヴァレーのストリート事情は、イーストパロアルトともオークランドとも違う。でも、〝ストリート〟であることには変わらない。だって、ブラッドを見てよ。ああいう子たちにもっと早い時点で手を差し伸べたいの。チャンスを与えてやりたいのよ。私がパロアルトでしたのと似たようなことをしようと思ってる。地域の親や学校の先生を巻きこむ。子供たちを守る壁を作るというのかな。世間の見る目はそれでようやく変わるだろうから」

「きみは不良少女だったのかい、スタンディッシュ？」ショウは訊いた。

スタンディッシュはほほえみ、ハート形のイヤリングをもてあそんだ。「マスコットだった。私はね、犯罪組織のマスコットだったのよ」そう言って笑う。「うちの父は本物の悪党だった。フランキー・ウィリアムソン。あとで調べてみて。一筋縄じゃいかない人だった。家にいるときは、誰もが思う理想の父親だった。私たち兄妹全員の世話を焼いてくれた。いつか写真を見せてあげる。うちに来る組織の人たちは、いつも私たちにおみやげを持ってきてくれた」スタンディッシュは首を振り、懐かしむような表情を浮かべた。「書斎で仕事の話をするわけよ。封筒を交換したり――まあ、想像がつくでしょ？　だけど私たちには、レゴやボードゲームを持ってきてくれるの。キャベツ畑人形とか！　私はもう十三歳で、デヴォン・ブラウンに熱を上げるような年ごろだったのに、パパの仕事仲間は、人形をくれたのよ！　でもみんな得意げな顔をしてたから、私もせいいっぱいうれしそうな芝居をした。そうだ、ダヤン・キャベルの膝に抱っこしてもらってる写真がある。殺し屋のキャベルよ。二十回の終身刑を食らってサンクエンティンで服役中の殺し屋。

同じようなプログラムを始めようと思うの。というか、もう準備は始めてる。ストリート福祉教育啓発《ウェルフェア・エデュケーション・エクセレンス》プログラム。略してSWEEP」

「いいね」

スタンディッシュは道路の先を見つめた。前の車が巻き上げた土埃が落ち着こうとしている。「今回の奇妙な事件。妄想《ファンタジー》が引き起こした事件。ゾディアック事件やサムの息子事件みたい。ファンタジーはもういや。世の中の子供の命を守りたい。それは現実だから。で、そっちはどうなの、ショウ？　やっぱり不良少年だった？　黒いレザージャケットを着て、体育館の裏で煙草を吸ってる姿が目に浮かぶけど」

「ホームスクールだった。兄や妹と一緒に」

「そうなの？」スタンディッシュはそう訊き返したあと、フロントガラス越しに前方にうなずいた。「この道はあそこで行き止まりみたい。これ以上近づくと気づかれる」スタンディッシュは木立の陰に車を駐めてエンジンを切った。

二人は車を降りた。どちらも何も言わなかったが、二人とも音を立てないようドアを開けっぱなしにした。ショウが指さした道筋――松葉が厚く積もったところ――を通って進む。砂の丘を十メートルほど歩き、尾行してきた車の少し手前で立ち止まって身を低くした。

一瞬おいて、ドライバーが車を降りた。ショウとスタンディッシュが二時間前、彼こそ〝ゲーマー〟だと結論づけた男。ブラッド・ヘンドリクスではない。内気だが天才的なゲーム開発者、ジミー・フォイルだ。

63

もやでかすんだ太陽を背景に黒く浮かび上がったジミー・フォイルのシルエットが、海を向いて伸びをした。

ショウとスタンディッシュは、いっそう身を低くし、密集した低木や枯れた草のあいだに隠れた。フォイルは、カイル・バトラーやヘンリー・トンプソンの殺害に使ったグロックを隠し持っているに違いないが、いまは片手に車のリモコンキーを、もう一方には小さな袋を持っていた。その袋にはおそらく、ショウが渡したバックパックにあった品物が入っているだろう。ヘンドリクス家のひどいにおいのする湿っぽい地下室、ブラッドのゲーム用デスクから拝借してきたがらくた。ペン。電池。ポストイット。

ショウの予想どおり、フォイルはエリザベス・チャベルを監禁した場所に舞い戻った。いま手にしている品物をその監禁場所に置き、ブラッドに罪を着せるために。いずれの品にもブラッドの指紋やDNAが付着しているはずだ。

その次にはおそらく、ヘンドリクス家に行き、凶器の銃を裏庭かガレージに隠すだろう。そして匿名で警察に電話をかけてエリザベス・チャベルの居場所を教え、ブラッドの人相や特徴を伝えるだろう。車のナンバーの一部も知らせるかもしれない。警察はここに駆けつけ、チャベルの遺体と証拠物件を発見し、それを手がかりにヘンドリクス家を特定して捜索するだろう。

これはギャンブルだなとショウは思ったが、勝算はあった。六〇パーセント、あるいは七〇パーセント。ブラッド・ヘンドリクスは無実で、〝ゲーマー〟はジミー・フォイルだと確信して罠を仕掛けた。きっと餌——バックパックの中身——に食いつくだろうと考え、パスコードの解読を手伝ってもらえないかと持ちかけた。

ショウとスタンディッシュがここまで尾行してきたのは、フォイルの車だった。ときどきメッセージを送ったのは、二人は別のどこかでブラッド・ヘンドリクスを尾行しているとフォイルに思わせるためだ。

さて、沈みゆく船はどこだ？

フォイルは砂丘のあいだを歩いてその先に消えた。

ショウはその方角にうなずき、二人は立ち上がってフォイルを追った。砂丘のてっぺんに来たところでしゃがむ。向こう側をのぞくと、朽ちかけた桟橋が波荒い太平洋に十数メートル突き出していた。真ん中あたりに古ぼけた遊漁船があって、なかば沈みかけていた。

「ベスト、ちゃんと着てるわよね、ショウ」

二人とも防弾ベストを着けていた。ショウはうなずいた。

「手錠のかけ方、知ってる？」

「知っている。だが、結束バンドのほうがいいな」

スタンディッシュは結束バンドを二本、ショウに渡した。「私はフォイルを牽制《けんせい》する。あなたはフォイルの銃を確保して、手を縛って」スタンディッシュはグロックを抜き、立ち上がって狙いを定めた。「ジミー・フォイル！　警察です。動かないで。手を挙げなさい」

フォイルはふいに立ち止まり、ゆっくりと振り向いた。

「その袋を地面に。両手は上」

フォイルは愕然とした様子でこちらを見つめた。困惑した表情が浮かぶ。

「袋を地面に置きなさい！」

フォイルは袋を置き、両手を挙げて、ショウを見つめ、スタンディッシュを見つめ、またショウを見つめた。なぜこんなことになったのか、理解したのだろう。偉大なコンピューターゲーム戦略家が知恵で負けたのだ。困惑が怒りに変わっていくのが目に見えるようだった。

「地面に膝をつきなさい。早く！」

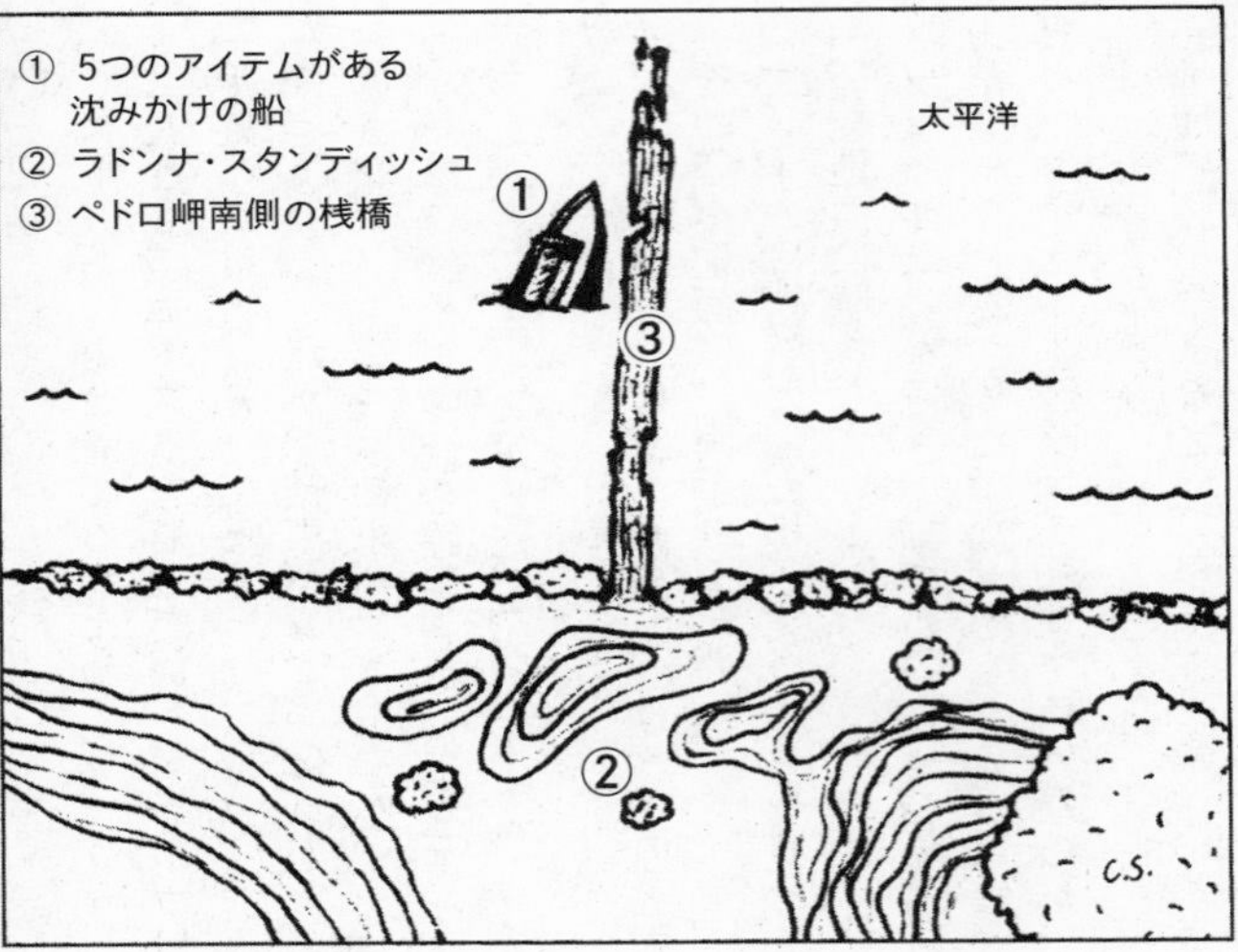

ちょうどそのとき、二人の背後で車のクラクションが鳴り響いた。

ショウは瞬時に察した。車のリモコンキーがまだフォイルの手のなかにある。パニックボタンを押したに違いない。

反射的に、スタンディッシュが音のしたほうを振り返った。

「スタンディッシュ、だめだ！」ショウは叫んだ。

フォイルが腰を落としてグロックを抜く。右手からぎざぎざした光が何度か閃いた。スタンディッシュの体に銃弾がめりこみ、彼女は甲高い悲鳴を漏らした。

64

ショウはスタンディッシュに覆いかぶさった。フォイルが放った銃弾が砂を跳ね上げ、目を痛めつける。

自分のグロックを抜き、両手で持ち上げて安定させると、ターゲットを探した。

フォイルは半円を描いて左に移動していた。木立に飛びこみ、全速力で走っていく。これでは狙えない。フォイルの車のエンジンがかかり、猛スピードで走り去った。

ショウはスタンディッシュのそばに戻った。スタンディッシュは苦痛に身をよじらせていた。「こんなの教わってない。痛い。痛い」

ショウはダメージの大きさを測った。二発は防弾ベストにめりこんでいた。一発が前腕に当たり、手首の静脈をえぐっていた。一発は腹部に命中していた。

ショウは銃をジャケットのポケットに入れ、傷を圧迫しながら言った。「さてはとっさに気を遣ったな、スタンディッシュ。BMWのリモコンキーで武装した男を撃つわけにはいかなかった。そうだろう?」

「船に行って、ショウ。エリザベスがまだ……行って!」スタンディッシュはそう言って痛みにあえいだ。

「ちょっと痛いぞ」

ショウは腹部の傷を圧迫しながらスタンディッシュのロック機構つき折りたたみナイフをホルダーから抜き取り、刃の部分をつかんでおいて柄の重さを利用して片手で開いた。血まみれの手をいったん傷から離して自分のシャツの裾を細長く切り、結び目を作って止血帯とした。それをスタンディッシュの撃たれたほうの上腕に巻きつけ、木の枝を使って締め上げた。スタンディッシュの前腕の出血の速度が落ちた。刃を閉じてナイフをポケットに入れた。

「痛い。痛い……」スタンディッシュはあえぎながら繰り返した。「本部に連絡して、ショウ。フォイルが遠くまで逃げないうちに」

「あと一つだけすませたら連絡する」

銃で撃たれたとき、やれるのは傷を圧迫することだけだ。木の葉を集め、腹の傷の上に置き、二キロ半くらい重さがありそうな石を拾って傷の上に載せた。スタンディッシュが苦痛のうめきを漏らして背をそらした。

「動くな。じっとしてろ。わかってる、苦しいよな。だが、じっとしていなくちゃだめだ」

ジャケットやスラックスで掌の血を拭ってから、携帯電話を取り出して電話をかけた。

「緊急通報です。どうしま――」

「コード13。警察官が撃たれて負傷」スタンディッシュが弱々しい声で言った。

ショウはそのまま伝えたあと、GPSを確認して緯度経度も伝えた。

「お名前をおっしゃってください」

「コルター・ショウ。ＪＭＣＴＦのカミングス上級管理官が私を知っている。武装した容疑者が逃走中。いま伝えた地点から逃げた。おそらく東に向かっている。車は最新モデルのＢＭＷ。カリフォルニア州のナンバー。最初の三桁は９７８。残りは見えなかった。容疑者の氏名はジミー・フォイル、ナイト・タイム・ゲーミング・ソフトウェアの社員だ。負傷した警察官はラドンナ・スタンディッシュ。所属はＪＭＣＴＦ」

通信員が続けて何か質問をしたが、ショウはもう聞いていなかった。電話がつながったままのｉＰｈｏｎｅをスタンディッシュの隣に置く。スタンディッシュの目は焦点を失い、まぶたは半分閉じていた。

ショウは止血帯を一瞬ゆるめたあと、ふたたび締め上げた。スタンディッシュの胸ポケットからペンを取り、インクよりわずかに明るい色をした手首の肌に、止血した時刻を書きつけた。止血処置をしてからしばらく時間がたっていること、血流を促して腕が壊死《えし》するリスクを最小限にするにはゆるめなくてはならないことを救急隊員に伝えるためだ。

二人は言葉を交わさなかった。言うべきことは何もない。ショウは携帯電話の隣に銃を置いた。とはいえ、スタンディッシュは数分のうちに意識を失うだろう。

そして救急隊が駆けつけてくる前に死ぬだろう。だが、ここに残していくしかない。

ショウはジャケットとベストを脱いでスタンディッシュの体を覆ってやると、立ち上がった。そして――

海に向かって全力疾走しながら、コルター・ショウは船を注意深く観察した。

全長四十フィートの遺棄された遊漁船。新造から数十年は経過していそうだ。船尾から沈み始めていて、全体の四分の三はすでに海中に没している。

キャビンのドアは見えない。出入口は一カ所きりだろうが、それはもう海中にある。上部構造のまだかろうじて海面より上にある船尾側に、船首を向いた窓が見えた。人がすり抜けられる大きさがありそうだが、ガラスははめ殺しではないか。あれを当てにするよりは、海に飛びこんでドアを試そう。

そこでまた考え直す。ほかにもっといい手はないか――？

ショウは舫《もや》いのロープを探して桟橋に目を走らせた。ロープのたるみを取れば、船の沈没を食い止められるかもしれない。

ロープは見当たらない。船は錨《いかり》で止まっている。つまり、十メートル下の太平洋の底に沈むのを引き留めるものは何もないということだ。

それに、もしも本当に彼女が船内に閉じこめられているとすれば、船と運命をともにして、冷たく濁った墓に葬られることになる。

ぬるついてすべりやすい栈橋を走り出す。朽ちた板を踏み抜かないように用心しながら、血の染みたシャツを脱ぎ、靴とソックスも脱ぎ捨てた。

大きな波が寄せて砕け、船は身を震わせながら、灰色の無情な海にまた何センチか呑まれた。

ショウは叫んだ。「エリザベス？」

返事はなかった。

ショウは確率を見積もった——女性がこの船にいる確率は六〇パーセント。浸水したキャビン内に閉じこめられて数時間が経過したいまも生存している確率は五〇パーセント。

確率はどうあれ、次に何をすべきか迷っている暇はなかった。海中に腕まで浸けてみた。水温は摂氏五度前後。低体温症で意識を失うまで三十分。

よし、計測開始だ。

ショウは海に飛びこんだ。

65

「お願い。あなたは助かって」

二十分後、コルター・ショウは沈みかけた船のキャビンのなか、エリザベス・チャベルと自分を隔てるドアの前にいて、植木鉢の破片を手に、木のドア枠の蝶番の周囲を壊そうと試みていた。

「大丈夫か、エリザベス？」ショウは声をかけた。

シーズ・ザ・デイ号がさらに大きくかたむいた。キャビンの前部の隙間から水がたえまなく流れこんできている。まもなく滝のような勢いで押し寄せてくるだろう。

「赤ちゃん……」チャベルがしゃくり上げる。

「落ち着いて。冷静に。いいね？」

チャベルはうなずいた。「あなたは……警察の……人じゃないのね？」

「違う」

「じゃ……じゃあ……？」

「男の子かな。それとも女の子？」

「な……何？」

「赤ちゃん。男の子、それとも女の子？」

「女の子」

「名前はもう？」

「べ……べ……ベリンダ」

「最近では珍しい名前だね。寝台のできるだけ上のほうにいてくれよ」

「あなた……は？」ささやくような声だった。「名前……？」

「コルター」

「めず……珍しい名前ね」チャベルは小さな笑みを作った。それからまた泣き出した。

「あな……あなた……は……やってくれた……できるだけのこと。だからもう……行って。家族が待ってるでしょう。脱出して。ありがとう。心からありがとう。もう行って」

「もっと上。もっと上にのぼれ！ 急げ、エリザベス。ジョージはきみを待ってるぞ。マイアミのお母さんやお父さんも。ストーンクラブ。また食べたいだろう？」

ショウは彼女の手を握り締めた。チャベルは言われたとおり寝台に戻って水から上がった。ショウは使い物にならない植木鉢のかけらを放り出した。

低体温症時計の残り時間は？ ゼロになっているに違いない。考えるまでもなかった。

「行って！」チャベルが叫ぶ。「脱出して！」

そのとき、キャビン前面の窓のあった穴から、海藻まじりの灰色の海水がどっと流れこんできた。

「行って！ お願い……お願いだから……」

尊厳を保って死ね……

ショウは水をかき分けながら窓枠のところに戻り、彼女のほうを振り返ったあと、窓枠を飛び越えて外に、海に飛びこんだ。体が冷えきっていて、めまいがした。方向感覚を失った。

波が船にぶつかり、船がショウにぶつかって、ショウはふたたび桟橋の杭のほうに押しやられた。爪先でデッキの手すりを探し当て、それを蹴って、ぶつかる寸前に杭から逃れた。

エリザベス・チャベルのすすり泣く声が聞こえたような気がした。

幻聴か？

イエス。ノー……

すでに海中にある船尾側を向き、懸命に水をかいた。全身の震えは止まっていた。体がこう言っている――そうだよ、だって温める努力をしてももう無意味だからさ。

前面の窓があった穴から水が勢いよく流れこんでいる。まるで決壊したダムのようだった。船は急速に沈もうとしていた。

キャビンが完全に水面下に没する寸前、ショウは大きく息を吸いこみ、垂直に潜水した。

海面から二メートル半ほどもぐったところで手すりをつかみ、記憶を頼りにドアノブをしっかりと握った。キャビンの外壁に両足を踏ん張り、ゆっくりと脚を伸ばす。

ドアは抵抗した。前と同じだ。しかし、ついに、外に向かってゆっくりと動き始めた。

ショウの賭けが当たった。ソフィーのとき、〝ゲーマー〟はドアが一つだけ開くようにしていた。『ウィスパリング・マン』のルールには、方法さえわかれば脱出できる道がかならず用意されていると書かれていた。

この船の場合、唯一の脱出口はキャビンのドアだった。このドアはねじでふさがれていなかった。内外の圧力差のせいで開かなかっただけだ。外側には水。内側には空気。それに気づいたショウは、キャビンの内外の水の高さが同じになれば、力ずくで開けられるだろうと考えた。そしてそのとおりになった。

ドアの動きはのろかった。ようやくすり抜けられるだけの隙間ができると、ショウは水を蹴ってキャビンに入り、気を失いかけていたチャベルの腕をつかんで引っ張り出した。シーズ・ザ・デイ号から解放された二人は海面に顔を出した。二人の足の下で、船は右舷側にかたむきながら沈んでいった。その陰圧で二人はふたたび海中にひきこまれたが、ほんの一瞬のことだった。ふたたび海面に顔を出し、咳きこみながら大きく息を吸いこんだ。

ショウは立ち泳ぎをしながら、方向感覚を取り戻そうと周囲を見回した。

岸まで十メートル近くある。桟橋は一・五メートルほど上にあって、はしごはない。杭は緑色の藻に覆われてすべりやすく、よじ登るのは無理だった。

「大丈夫か」ショウは大きな声で訊いた。

チャベルは水を吐き出した。咳をする。顔はひどく青ざめていた。

無情な波は、二人を桟橋のほうに押しやろうとしていた。沈まないよう立ち泳ぎを続けながら、ショウは杭にぶつからないよう片手で自分と彼女を守った。

唯一の脱出口は岸か……ショウの心は沈んだ。化石のような灰色をした尖った岩はやはりコケのような緑色の海藻で覆われている。手でつかめそうなところがまったくないわけではないが、岩だらけの岸に近づけば、激しく打ち寄せる波に翻弄されることになる。波は二人を岩に叩きつけるだろう。二人は波と同じように岩にぶつかって砕けることになるだろう。

「わ……私の赤ちゃん。赤ちゃん……」

「ベ……ベリンダは大丈夫さ。私は……タ……タイタニック号から……ぶ……無事にきみを助けたじゃないか」

「赤ちゃん……」

よし。岩場に賭けるしかない。時間は残り少なかった。

岸に泳ごうと向きを変えたとき、エリザベス・チャベルが悲鳴を上げた。「戻ってきた！　あいつが戻ってきた！」

見ると、人影が一つ、桟橋に向かって走ってこようとしている。

九一一の指令を受けてパトロールカーが駆けつけてくるにはいくらなんでも早すぎる。ヘリコプターで来たというのならわかるが、ヘリコプターなどどこにも見えない。とすると、ジミー・フォイルだろう。目撃者を始末するために舞い戻ったのだ。

ショウは水を蹴り、桟橋のほうに戻ろうとした。桟橋の下にもぐるしかない。上下に揺れる波に運命をゆだね、杭から飛び出した大釘や尖ったフジツボをできるかぎり避けようとがんばるしかない。

だが、海は今度もまた味方してはくれなかった。非情な腕でショウとチャベルを押しのけ、桟橋から二メートル以内に近づけようとしない。ジミー・フォイルにとっては動かない的のようなものだ。そしてフォイルの射撃の腕が確かなことをショウはいやというほど知っていた。

ショウはまばたきをして目に入った海水を追い出し、桟橋を見上げた。さっきの人影が朽ちかけた桟橋に腹ばいになり、こちらに手を伸ばしていた。

その手に握られているのは、拳銃ではなかった。あれは何だ……布きれか。厚手の布をねじって作ったロープのようなもの……

「急げ、ショウ！　つかめ！」ダン・ワイリー刑事だった。

そうか、要請した応援がやっと駆けつけてきたのだ。スタンディッシュがメッセージを送った相手はワイリーだったのだ。二人の捜査は正式なものではない。だから、捜査本部の正式な一員ではない人物に応援を要請するしかなかった。そしてスタンディッシュが唯一思いついた相手は、連絡係に異動したワイリーだった。

二度失敗したあと、ショウはワイリーがこちらに下ろしたものをようやくつかんだ。やるじゃないか——ワイリーはショウのジャケットを自分のジャケットと結んでいた。さらに自分のベルトを端に結びつけて救助用ハーネスの代わりにしていた。

「彼女の腕の下に！」ワイリーが叫ぶ。「ベルトを」

ワイリーは反対端をしっかりと握っている。ショウはチャベルの首にベルトを通し、腕の下にかけた。

ワイリーがチャベルを引き揚げる。チャベルの姿が桟橋の上に消えた。間に合わせの救助用ハーネスがふたたび下ろされ、ショウを引き上げる。ショウの足が杭に出っ張りを見つけた。一瞬ののち、ショウも桟橋の上に這い上った。

臨機応変な対応をためらうべからず……

このルールは、もちろん、アシュトン・ショウの大部の『べからず集《ブック・オブ・ネヴァー》』に載っていた。いま、アシュトンの息子コルターは、それをさらに具体的に書き換えていた。へこみだらけの灰色のセダンの高性能ヒーターを、低体温症の患者の深部体温を上げるのに利用することをためらうべからず……

66

ラドンナ・スタンディッシュのニッサン・アルティマのシートに座ったショウは、なかなかいいルールではないかと悦に入った。アルティマを囲うように、さまざまな捜査機関を代表する警察車両が八台から九台駐まっている。エリザベス・チャベルは救急車で手当を受けていた。

体の震えがだいぶ収まったところで、ショウはヒーターの温度を少し下げた。濡れた服は脱いで、サンタクララ郡消防局から借りた紺色のジャンプスーツに着替えていた。

血で汚れたショウの携帯電話がメールの着信を知らせた。差出人は私立探偵のマックで、ショウがブラッド・ヘンドリクスの地下室のデスクにあったハードドライブや小物を、ティッシュを使ってかき集める直前にかけた電話に対する回答だった。

ショウはメールに丹念に目を通した。

推測は仮説に昇格した。

顔を上げると、救急車から隊員が降りてきたところだった。まぶしい陽射しに目を細めてあたりを見回している。まもなくショウを見つけて近づいてきた。ショウは車を降りた。救急隊員は、チャベルの二つの心音は――チャベルの胸から聞こえるものと、腹部から聞こえるもの――いずれも安定していると言った。また、フォイルが彼女を眠らせるのに使った薬物が、母体や胎児に長期的な悪影響を及ぼすことはない。二人とも完全に回復するはずだ。

ただ、ラドンナ・スタンディッシュについては、同じことは言えないと。

ひどい傷が原因で彼女は死んだのだろうとショウは覚悟した。だが、そうではなかった。スタンディッシュは、危険な状態ではあるが、生きている。銃創治療専門病棟があるサンタクララの病院にヘリで搬送された。大量の血液を失っているが、ショウの止血と時刻のメモがおそらくスタンディッシュの命を救った。少なくとも一時的には。救急隊員によると、スタンディッシュの手術はまだ終わっていない。

ダン・ワイリーは自分の車のそばにいて、ＪＭＣＴＦ上級管理官ロナルド・カミングスと話している。ＣＢＩのプレスコットと氏名不詳の小柄な捜査官も臨場していたが、いま捜査の指揮を執っているのはカミングスだ。

なぜなら、犯人の正体を突き止め、被害者を救出したのは、ＣＢＩの捜査官ではなく、カミングスの部下だったからだ。

公共心に富んだある市民の協力もあった。

祝祭の参加者はもう一人いた。十メートルほど先に駐まったパトロールカーの後部シートで、ジミー・フォイルがうなだれている。

フォイルを逮捕したのはダン・ワイリーだった。スタンディッシュはワイリーに宛て、海岸に向かう未舗装の道路を向かっているとメッセージを送っていた。ワイリーがその道路を走っているとき、前方からフォイルの白いBMWが猛スピードで向かってきた。

刑事としてはお世辞にも有能とはいえないにせよ、ワイリーは、銃火にさらされても冷静な判断ができる人間であることを証明した。乗ってきた覆面車両を使ってフォイルとチキンレースを演じた。正面衝突の恐怖に耐えきれなくなったフォイルは道路脇の溝に車ごと落ちた。フォイルは車から飛び下りて闇雲に発砲したが、ワイリーは車の陰にしゃがみ、銃は握っていたものの、一発も撃ち返さないまま、フォイルのマガジンが空になるのをじっと待ち、フォイルが弾切れになったところで追跡を開始した。よほど激しくタックルしたのだろう。フォイルの顔には鼻血の跡が残り、左手はベージュの伸縮包帯でぐるぐる巻きにされていた。そこから突き出した指は紫色に染まっていた。

カミングスはショウが急ごしらえの加温施設から出てきたのに気づいて、こちらに歩き出した。プレスコットとパートナーもそのあとを追おうとしたが、カミングスが何か言うと、二人はその場で立ち止まった。

「大丈夫か」カミングスが尋ねた。

ショウは小さくうなずいた。

カミングスは言った。「フォイルはだんまりを決めこんでいてね。私は途方に暮れている《アット・シー》ところだ」

三十メートル先に太平洋があり、ショウと身重の女性がついさっきそこで溺れかけたことを思うと、不用意な発言だ。

西日がカミングスのつややかな頭頂部をオレンジ色に輝かせていた。「で？」

ショウは経緯を説明した。「マーティ・エイヴォンから、〝ゲーマー〟のプロファイルにぴったりな人物を見つけたと連絡がありました。ブラッド・ヘンドリクスは、クイック・バイト・カフェに来ていたところを目撃されていたし、日ごろから『ウィスパリング・マン』を長時間プレイしていたのに、誘拐事件が発生した時間帯にはオフラインだったと」

「だが、きみはその若者はプロファイルにぴったりすぎると考えたわけだな」さすがＪＭＣＴＦの上級管理官だ。洞察が鋭い。「まるではめられたように、条件がすべてそろっている」

「そのとおりです。いつも使っているプロキシが突然ダウンして、ブラッドの名前が都合よく表示されたわけですからね。もちろん、ブラッドを容疑者として調べてみる価値はありましたし、実際に調べました。両親に会いにいって、部屋を見せてもらいました。おそろしく散らかった部屋でしたよ。しかし、行方不明のティーンエイジャーを探した経験は豊富だし、ティーンエイジャーの部屋なんて散らかっているのがふつうです。部屋の壁に貼ってあったものに目がとまりました。『ウィスパリング・マン』の進行状況を書いたフローチャートです。それを見て、ブラッドが病的に執着しているのはゲームそのものなのだなと思いました。あのゲームが象徴している暴力ではなくてね。ブラッドは、現実の世界と関わりたいなどとまるで考えていない。それどころか、何かをしたいという気持ちなどまったく持っていないんですよ。誘拐などするわけがない」

カメ……

「それで、ブラッドは無関係だと考えてまず間違いないだろうと思いました。別の誰かがヘンリー・トンプソン殺害の罪をブラッドに押しつけようとしているのだろうと。その誰かとは誰か？ トンプソンがブログに書こうとしていたテーマを見直しました。データマイニングについてはすでに、この線はなさそうだとわかっていた。シリコンヴァレーの不動産価格、賃貸価格の暴騰についても検討しました」

カミングスは眉をひそめた。「この地域の不動産価格？ ああ、高すぎるね」

「マーティ・エイヴォンは企業組合を作り、土地を買い上げて、労働者向けの低価格住宅を供給しようとしています。ひょっとして、この企業組合がキックバックや賄賂を受け取っているのか。トンプソンはそれを取材していたのか。ラドンナのアカウントを借りて、郡や州のデータベースを検索しました。エイヴォンの企業組合は非営利だった。構成員は将来にわたって一セントたりとも受け取らないんですよ。トンプソンがブログですっぱ抜くようなネタはそもそもないわけです。もしかしたらほかの不動産詐欺の情報を握っていたのかと考えましたが、その方面での手がかりは何一つありませんでした。

ここで一歩下がって考え直してみました。ブラッド・ヘンドリクスが浮上するに至ったそもそもの発端は何だったか。ジミー・フォイルです。デスティニー・エンタテインメントのマーティ・エイヴォンから、ゲーム会社のサーバーは簡単にハッキングできると聞いたことを思い出しました。フォイルはかつて有能なホワイトハット・ハッカーでした」

カミングスが何だそれはと首を振り、ショウはホワイトハット・ハッカーの意味を説明した。

「フォイルは『ウィスパリング・マン』のサーバーをハッキングして、ブラッドのログイン時刻を書き換え、事件が発生した時間帯にはオフラインだったように見せかけたのではないかと考えました。ブラッドはつい最近クイック・バイト・カフェに来ていて、ソフィーとつながりそうに思えますが、それ以前にカフェでブラッドを見かけた客は一人もいませんでした。ブラッドはクイック・バイト・カフェで会いたいというメッセージをある若い女性から受け取っていました。フォイルがその女性になりすましたんだろうと思いますね。カフェの客にブラッドの存在を印象づけるため、あのカフェと結びつけるために。トンプソンを始末するという本来の目的は達成されたので、フォイルは今日、ブラッドが使っているプロキシをダウンさせ、私たちはブラッドの住所を手に入れることになったわけです」

「しかし、トンプソンを殺した動機は何だ？」

「トンプソンは、ゲーム会社の新たな収益源についてブログに記事を書こうとしていました。その記事で真相が暴露されるのを阻もうとしたんです」

「真相というと？」

「トニー・ナイトとジミー・フォイルは、自社配信のゲームを利用してフェイクニュースを流し、そこから金銭的な利益を得ていました」

67

ショウはカミングスに向かって続けた。「今日、私が雇っている私立探偵が『コナンドラム』というゲームに会員登録しました」

マックに頼み、ゲームが始まる前に数分間流れるニュース番組を見て、そこで報じられたニュースの真偽を確かめてもらった。すると、番組で報じられたニュースには明らかな虚偽報道が数多く含まれており、実業家や政治家に関する誤った噂を広めていることがわかった。

ショウは携帯電話を持ち上げ、ショウ自身もこの数日で耳にして覚えていたいくつかのニュースに関するマックの報告を要約した。「リチャード・ボイド議員は、十代の街娼とメッセージをやりとりしていたという噂を苦にして自殺しました。しかし、ナイトのゲーム内で〝ニュース〟として報じられるまで、そのような報道はいっさい出ていませんでした。ボイド議員の妻は先日亡くなったばかりで、家族によると、精神的に不安定になっていたそうです。ボイド議員の死で、議会の多数党がひっくり返る可能性が出てきました。

ポートランドに本社があるインテリグラフ・システムズのCEOアーノルド・ファローは、第二次世界大戦中に日系アメリカ人が強制収容されたことについて肯定的な発言をしたという噂が流れて辞任に追いこまれました。これもはやり、ナイトのゲーム内で初めて報じられたできごとです。

再選を目指していたカリフォルニア州選出の緑の党の議員トーマス・ストーンは、環境テロ組織とのつながりが疑われ、放火事件や破壊事件に関わっていたらしいという噂が流れました。本人は否定していて、起訴の事実もありません。

ユタ州選出の民主党議員ハーバート・ストルトは、インターネット使用料に応じた税の新設を提案して、ヘイトメール・キャンペーンの標的にされていますが、これもナイトのゲーム内で初めて報じられたニュースです。ストルトはそのような提案をしたことを否定しているし、法案が提出されたという記録もない」

ショウは携帯電話をしまった。「トニー・ナイトは、ゲームもアドオンも無料で配信しています。ただし条件があって、ゲーム開始前に流れるニュース番組と公共広告を最後まで視聴しなくてはならない。そこに隠されたからくりをトンプソンに暴かれるわけにはいかなかったんですよ。ここ三、四年、ナイト・タイムの収入は減少する一方でした。目玉のゲーム――『コナンドラム』――の売上もいまひとつでしたから。しかもゲーム開発者のフォイルは、もはや新しいアイデアをひねり出すことができなくなっていた。ナイトは追い詰められていました。ナイトは、言ってみればプレイヤーです――伝統的な意味、〝勝負師〟というような意味で。ロビイストや政治家、政治行動委員会、企業のCEOに接触し、望みどおりのニュース――噂、誹謗中傷、捏造したニュース――を配信するプラットフォームを提供したら乗るかと打診したのではないかと思います」

「視聴者に向けてプロパガンダを垂れ流す手段として、ビデオゲームを利用したのか」

カミングスはあきれる半面、感服したように言った。

ショウは続けた。「それも若い視聴者です。だまされやすい視聴者。しかもまだ先があります」

「まだ先が？」

「投票人登録をすると、ゲームのアドオンがもらえるんですよ。しかも誰に投票すべきか、さんざん示唆されているわけです。さりげなく。あるいはあからさまに」

手錠をかけられたフォイルが後部座席に乗っているパトロールカーにワイリーが近づいていくのが見えた。ドアを開けて車内をのぞきこみ、フォイルに何か声をかけている。

カミングスが言った。「しかも発覚する恐れはないわけだ。たかがゲームのおまけだ。誰がそんなものに目を向ける？　規制はない。連邦通信委員会も、連邦選挙委員会も気づかない。フェイクニュースに偏向報道。視聴者の規模は?」

「アメリカ国内だけで数千万の会員がいます。国政選挙に影響を及ぼすに充分です」

「いやはや」

ダン・ワイリーがパトロールカーの後部ドアを閉めた。ショウとカミングスのほうに歩いてくる。ハンサムで冷静沈着な、テレビの刑事ドラマからそのまま抜け出してきたような刑事。

カミングスが訊いた。「どうだ、しゃべる気になったようか」

ワイリーが答えた。「ゴキブリを見るような目で見られましたよ。それから、弁護士を呼んでくれと。その一言だけ」

68

ブラッド・ヘンドリクスは、地下のねぐらの高解像度ディスプレイの前で背を丸めていた。

耳は大型のヘッドフォンで覆われ、指はキーボードをせわしなく叩いている。体はぴくりとも動かず、死んだような目はサムスンのディスプレイから微動だにしない。彼の世界に存在するのはゲームだけだ。そのゲームは、当然のことながら、『ウィスパリング・マン』だった。

ショウは地下室の階段を下りきったところで立ち止まり、パソコンのディスプレイを見つめた。

ウィンドウの一つは、ブラッドの〈サバイバル・バッグ〉に十一のアイテムが入っていることを示していた。

ショウの脳裏に記憶が閃く。アシュトンは、ショウとラッセル、ドリオンに、〝GTHOバッグ〟をつねに裏口——山々に面した出口——の近くに準備しておく習慣をつけさせた。呼び名のとおり緊急脱出《ゲット・ザ・ヘル・アウト》の必要が生じた際にそれ一つを持って出るためのバッグには、極限的な状況でも一月《ひとつき》くらいは生き延びられるだけの品物が入っていた（おとなになってから、世の中のサバイバリストは実際には〝GTFOバッグ〟と呼んでいることを知った。アシュトン・ショウはF《ファック》などという語を子供たちの前で使うようなおとなではなかった）。

ショウは若者の正面に回りこむようにしてゆっくりと近づいた。

動物を驚かすべからず……自分が生き延びるために驚かせる必要がないかぎり。

ブラッドが振り向いてショウを見たが、すぐにまたゲームに目を戻した。

画面の下部に字幕が表示された。

　水圧プレス機は五分後に開く。そこを通り抜けられるかどうかやってみろ。出口で褒美が待っている。

ウィスパリング・マンはゲーム内でアドバイザーの役割も果たす。ゲームの進行役たるウィスパリング・マンは、ときにプレイヤーを手助けする。一方で、嘘をつくこともある。

ブラッドは赤らんだ顔をショウに向け、ゲームを停止してヘッドフォンをはずした。まっすぐでつややかな髪を目の前から払いのける。

「ブラッド？　コルター・ショウだ」

ショウはブラッドにバックパックを差し出した。ここから持ち出してジミー・フォイルに渡した品物の大部分が入っている。

バックパックを受け取ったブラッドはなかをのぞいて言った。「『コナンドラム』は初めから嫌いだった」

「広告に情報コマーシャルだね」

ブラッドは眉間に皺を寄せた。指摘するまでもないことなのに、なぜわからないのかとでもいうように。「違う。そこじゃない。ジミー・フォイルは頭がいい——頭がよすぎる。一兆個だか何だかの惑星なんか俺らにはいらない。昔はおもしろいものを作ってたのに、いまのフォイルはゲームの本質を忘れちまってる。自己満足のためにゲームを作ってる。プレイヤーのためにじゃなくて」

おもしろくないゲームはそっぽを向かれる——マーティ・エイヴォンはそんな風に話

していた。ゲームはおもしろくなくてはならないのだ。

ブラッドはバックパックからディスクやハードドライブを出してデスクに並べた。愛おしげな目で一つを見つめた。裏庭から出て迷子になり、いままた帰ってきた飼い犬を見るような目で。

本人にしかわからない秩序に従って品物を並べ直してから、ブラッドは言った。「シリコンが使われてる理由、知ってる？　シリコン。コンピューターのチップに使われてるシリコン」

「いや、どうしてかな」

「素材には三つのタイプがある。伝導体は電子をつねに通す。絶縁体はまったく通さない。半導体は……まあ、名前のとおり。シリコンは半導体だ。電子を通すときもあれば、通さないときもある。ゲートみたいなものだ。コンピューターはその性質を利用して動作してる。一般的にはシリコンが使われる。ほかにはゲルマニウムもある。ヒ化ガリウムのほうがもっと性能がいい。この近辺は、ひょっとしたらヒ化ガリウムヴァレーって呼ばれることになってたかもしれないってことだね」ブラッドはヘッドフォンを手に取った。もうゲームに戻りたがっている。一時停止中の画面が焦《じ》れったそうに明滅を繰り返していた。

だが、ブラッドがヘッドフォンを着け直す前に、ショウは尋ねた。「表に出ようと思ったことは？」

「ない。外だと反射がまぶしくて画面が見にくいから」

ショウが訊いている意味は、もちろん、そういうことではなかった。

「ゲーム実況《グラインディング》を配信してみたら。Ｔｗｉｔｃｈで」

そんな用語をショウが知っていることを意外に思ったのだとしても、ブラッドは表情に出さなかった。悲しげな笑みを浮かべただけだった。「あれは見た目のいい奴がやることだ。かっこいい部屋に住んでる奴。壁におもしろいものが飾ってあって、ベッドを毎朝ちゃんと整えて、窓ガラスもきれいにしてるような。ずっとウェブカメラで映すことになるから。実況を見る側はそういう映像を期待してる。クールでおもしろい奴じゃなくちゃだめなんだ。ゲームプレイを他人にもわかるように説明できないといけないし。でも俺、そういうの無理だから。勘でプレイしてるからね。レベル9まで行ったのは世界で二十二人だけで、俺はそのうちの一人だ。絶対にレベル10まで行くよ。ウィスパリング・マンを絶対に倒してやる」

「きみに渡したいものがある」

反応はなかった。

「ある人物の連絡先を教える。電話してみるといい」

ブラッドはまだ黙っていた。それでもヘッドフォンを下ろした。

「マーティ・エイヴォン。デスティニー・エンタテインメントのＣＥＯ」

ブラッドの目に初めて感情らしきものが閃いた。

「エイヴォン、知ってるの？」

「ああ、知っている」

「知り合いって意味で？」

ショウは携帯電話でエイヴォンの電話番号を探し、ブラッドのデスクからペンを取ってポストイットに書きつけた。ヨーグルトの空き容器と五冊積まれた『マインクラフト』の攻略本の横に、黄色い正方形のポストイットを貼りつけた。「コルター・ショウに紹介されたと言えばいい。ゲームを仕事にする気があるなら、相談に乗ってくれると思う」

ブラッドはポストイットをちらりと見たが、すぐにまた画面に視線を戻した。ヘッドフォンを着ける。アバターが動き出す。ナイフが抜かれる。光線銃にパワーが充填される。

ショウは向きを変えて階段を上った。リビングルームにブラッドの両親がいた。母親はソファに、継父は肘掛け椅子に座って、犯罪ドラマに見入っていた。

ショウは二人の横を黙って通り過ぎ、玄関から外に出た。オフロードバイクにエンジンをかけ、蒸し暑い夜の通りを猛スピードで走り出した。

69

「ああ、来てくれた」

コルター・ショウはヘルメットを手に、サンタクララ記念《メモリアル》病院の病室の入口に立っている。病を治す施設の名に〝追悼《メモリアル》〟という語が入っているのは解《げ》せない。それ相応の失敗を経験してきているように聞こえるではないか。

ショウはたったいま声を発した――といってもウィスパリング・マン顔負けのささやき声だったが――女性に小さくうなずいた。ラドンナ・スタンディッシュだ。

複雑な機械に囲まれた複雑なベッドに横たわったスタンディッシュは続けた。「コルター。こちらはカレン」

スタンディッシュのデスクにあった写真の女性だと一目でわかった。がっしりした体格の長身の女性で、農場で働いている姿が思い浮かぶような雰囲気を持っていた。写真では金色に見えた髪は、実際に見るとオレンジ寄りの赤だった。マディー・プールの髪色より二段くらい明るい。

二歳くらいのかわいらしい女の子がショウをじっと見上げていた。赤いギンガムチェックのドレスを着ていて、同じ生地で作ったウサギのぬいぐるみを抱いている。目の色は母親と同じブルーだ。きっとこの子がジェムだろう。

「やあ」ショウの笑顔はこういうときのために取ってある――もっぱら姪と会ったときのために。

女の子が手を振った。

カレンが立ち上がってショウの手を固く握り締めた。「ありがとう」見開かれた目に感謝の気持ちがあふれていた。

ショウは腰を下ろした。病室には花束やカード、お菓子や風船が飾られていた。ショウはまめに贈り物をするタイプではなかった。といっても、人に何かを贈ることが嫌いなわけではない。そういうことにあまり気が回らないというだけのことだ。また見舞いに来ることがあれば、そのときは本でも持ってきてやろうと思った。本は実用的だ。風船には使い道がない。

「医者は何て？」ショウはスタンディッシュの包帯が巻かれた腕を見た。腕を切断せずにすんだのは意外だった。腹部の傷は薄手の保温毛布の下に隠れていて見えない。

「腕の骨折、脾臓《ひぞう》の損傷。切除はしなくてすみそう。脾臓って、なくても平気なんだって。知ってた、ショウ？」

父の野外救急医療の講義でそんな話が出たことをぼんやり思い出した。

「切除すると、感染症にかかりやすくなる。主治医は」スタンディッシュのまぶたが半分閉じた。鎮痛剤で朦朧としているのだろう。「主治医の話だと、脾臓はマイナーリーグのピンチヒッターみたいなものなんだって。絶対に必要ってわけじゃないけど、あれば役に立つ。あんな手に引っかかるなんてね、ショウ。車のクラクション」かすかな笑み。「あなたの処置が適切だったって医者が言ってた。前にも銃創の手当をしたことがあるの？」

「ある」

　父の応急手当の最初のレッスンがそれだった。止血点、止血帯、傷の圧迫。アドバイスはそれだけではなかった。

　銃創にタンポンを詰めてはいけない。世間ではそう勧めているが、絶対にやってはいけない。タンポンが膨張して、傷がさらに広がるだけだ。

　アシュトン・ショウは知恵の宝庫だった。

「どのくらいで退院できるって？」

「三日か四日」

　ショウは訊いた。「事件の全容は聞いたかい？」

「ダンから聞いた。偽情報、プロパガンダ、嘘、若い世代に投票を促す……しかも誰に投票すべきかまで方向付けた。根も葉もない噂を広めた。ただでさえ世の中にはそういうものがあふれてるのに。誰かを死に追いやったり、キャリアを奪ったり……不倫や犯罪に関する嘘。ひどい話よね」スタンディッシュの意識はまた漂いかけたが、すぐに戻ってきた。「ナイトは？」

「消えた。プライベートジェットは発着禁止になっているし、取り巻きは全員拘束された――共謀容疑だ。だが、本人はどこにもいない」

　スタンディッシュの病室をＪＭＣＴＦの制服警官が警護しているのは、だからだ。

　退屈そうな顔をし始めたジェムに、カレンが絵本を渡した。カレンのバッグは本やおもちゃで満杯だった。ドリオンのバッグもいつもそんな感じで、ショウも姪を預かるときは妹のその〝子供の気をそらすテクニック〟にならうことにしている。そうたびたびあることではないが、姪のベビーシッターをする際は、準備万全でのぞむ。

ショウはあらゆる状況を生き延びる術を知っていた。

見ると、スタンディッシュの目に涙があふれかけていた。

カレンが身を乗り出す。「ラドンナ……」

スタンディッシュは首を振った。そしてためらいがちに言った。「カミングスに電話した」

カレンが言った。「ラドンナは事務職に異動になりそうなの」

スタンディッシュが言う。「まだ私には伝えたくなかったみたいね。少なくとも入院してるあいだは。だけど、私は気になって気になって。カミングスは、解雇されることはないって言ってた。ただ、現場にはもう出せない。そういう決まりなんだって。ここまでの重傷を負って現場に復帰した例は過去に一つもないって言ってた」

ストリートに戻りたいと話していたのに。どうやらそのプランは永遠に頓挫してしまったようだ。

いや、本当にそうだろうか。涙が止まり、スタンディッシュは乱暴な手つきで頬を拭った。オリーブ色がかった深い茶色の目は、この件についてJMCTF上層部と話し合う覚悟があることを伝えていた。ショウはうなずいた——健闘を祈っているぞ。

カレンがショウに言った。「ラドンナが退院したあともまだあなたがこのあたりにいたら、一度夕食に来てくれませんか。それとも、すぐに出発する予定?」

「カレンの料理は――」スタンディッシュの声はそこでささやき声になった。それから続けた。「おいしいのよ」幼い子供に聞かせたくない表現だったからだろう。スタンディッシュはきっと〝ヤバいくらい《キック・アス》〟とささやいたのだろうとショウは思った。

「ぜひうかがうよ」

十月五日の秘密の答えを探す旅はまだ終わっていない。大学に隠されていた父の文書は、次にショウをどこへ連れていくことになるだろう。スタンディッシュが退院したあともまだこの街にいるかもしれない。そのときにはもう別の土地に行っているのかもしれない。

三人はしばらく他愛もないおしゃべりを続けた。やがて看護師が包帯の交換にきた。ショウは立ち上がり、カレンはショウを軽く抱き締めてもう一度言った。「ありがとう」

目の縁を赤く染めたスタンディッシュは、横たわったまま手を振った。「私もハグしたいところだけど……痛くて悲鳴を上げたらかえって迷惑そうだから」

ショウは出口に向かった。スタンディッシュがささやくような声で呼び止めた。「ちょっと待って、ショウ」それからカレンに言った。「あれ、持ってきた?」

「あ。そうだった」カレンはバッグから小さな茶色い紙袋を取り出してショウに渡した。

なかに薄っぺらな金属でできた直径十センチほどのメダルのようなものが入っていた。真ん中に大きな星のマークがあり、そこに浮き出し文字でこうあった——

公認
保安官補

70

「すっかりヒーローね」

そう言ったのは、スタンディッシュいわく〝あなたのことを気に入ってる〟ティファニーだった。

「テレビも何も、あなたの話ばかり。チャンネル2は、インタビューを申しこんだのにあなたから返事がないって言ってたけど」

ショウはコーヒーを注文し、くすぐったい話をはぐらかした。それでも礼は言った。

「きみのおかげだ——防犯カメラの映像。ありがとう」

「お役に立ててうれしいわ」

ショウは店内を見回した。待ち合わせの人物はまだ来ていなかった。

ぎこちない間があった。ティファニーはナプキンで手を拭い、目を伏せて言った。

「あの……思いきって言っちゃうわ。もうじき仕事が終わるの。といっても、十一時ごろだけど。夜遅いわよね、わかってる。でも、よかったら食事でもどう?」

「今日は疲れていて」

ティファニーは笑った。「そうよね、疲れた顔してる」

嘘ではなかった。心身ともに疲れきっている。いったんキャンピングカーに戻って手早くシャワーを浴び、着替えをすませてからここに来た。電話がかかってきていなければ、いまごろはもうベッドで眠っていただろう。

「それに、きっとすぐにでもまたどこかへ行ってしまうんでしょうね」

ショウはうなずいた。それから店の入口に目をやった。

ロナルド・カミングスが入ってきた。ティファニーのほうに親しげにうなずいたのを見て、ショウは驚いた。ティファニーも笑みを返した。「いらっしゃい。いつものでい い?」

ショウは眉を吊り上げた。

カミングスが言った。「警察の人間もコーヒーくらいは飲むさ……ああ、ティファニー、いつものを頼む。マッジは元気かい?」

「おかげさまで。またトレーニングよ。ハーフ・トライアスロンだろうとフルだろうと、周りにとっては一緒よっていつも言ってるんだけど、本人にとってはまったく違うんですって。いまどきの若い子は、ねえ」

ティファニーは、カミングスの分のたっぷりの泡が浮かんだコーヒー――ラテか？――を用意した。カミングスとショウはテーブルについた。空きテーブルは少ない。四月の桜のように、店内はノートパソコンが満開になっていた。

カミングスはコーヒーを一口味わい、白い口ひげを丁寧に拭ってから言った。「一つ相談があってね。電話ではなく直接会って話したかった」

「そうだろうと思いましたよ」ショウは自分のコーヒーを少しだけ口に含んだ。

ティファニーがオートミールクッキーらしきものを運んできて、カミングスの前に置いた。

「あなたもいかが？」ティファニーはショウに言った。

「甘党ではないんだ。でもありがとう」

笑み。女が男を誘う笑みというよりは、友人同士の親愛の情のこもった笑み。

ティファニーが行ってしまうと、ショウはカミングスに視線を戻した。

「これがまたうまくてね。ティファニーが自分で焼くんだ」カミングスはクッキーにうなずいて言った。

ショウは黙っていた。

「早く本題に入れって？　わかった。ナイトに対する捜査に待ったがかかっている。ところで、私はこんな話をきみに聞かせたりはしていないことにしてくれ」

「待ったがかかった？」

「逮捕状は出てるんだが、ＦＢＩが保留にしてる」カミングスは周囲を確かめてから身を乗り出した。「ナイトのクライアントの一人――奴に金を払ってフェイクニュースを流させたうちの一人――は、とある政治家の息のかかったロビイストでね。その政治家自身もフェイクニュースの件に直接からんでいたのかもしれないが、確かなことはわからない。だが、ナイトが逮捕されて、ナイトの名前が公になると、その政治家の将来設計が狂う。ワシントン行きの計画ということだな。四年または八年続くワシントン行きだ」

ショウはため息をついた。エリザベス・チャベルが誘拐された直後の捜査会議にＦＢＩが参加していなかった理由はそれか。

カミングスはクッキーを咀嚼した。「いまこう訊こうとしているだろう――〝ＪＭＣＴＦは何をやってるんだ？　ＪＭＣＴＦやＣＢＩは動くんだろうな？　カリフォルニア州法違反でナイトを挙げようとしているんだろう？〟」

「ええ、そう訊こうとしていました」

「うちも手を出せない。サクラメントの州政府からの指示だ。ナイト逮捕は二十四時間待てと言われている。証拠の押収に手間取っているとか、新たな手がかりを追っているとかいうことにしてごまかせとね。二十四時間が経過したら、うちは――ＦＢＩもだ――判明している最後の立ち回り先を急襲する。スタン手榴弾に装甲車。派手にやる」

「そのころにはナイトは、逃亡犯罪人引渡し条約をアメリカと結んでいないどこかの国のビーチでくつろいでいる」

「まあ、そんなところだね。木の実の一つ――フォイルは逮捕できたし、ナイトの会社は事実上終わりだ」

「しかし、ウィスパリング・マンはまんまと逃げるわけですね」

「ウィス……ああ、ゲームの話か。スタンディッシュから聞いたよ、きみはカイル・バトラーのことを……ずいぶん気にしていたと。ヘンリー・トンプソンのことも。ナイトを捕まえたがっていたと聞いた」

命で償わせるのでもかまわない。

「使えるコネは使ったんですね」

こんがり焼き上がったクッキーの存在は完全に忘れられていた。コーヒーもだ。「そもそもコネなどないよ。それに、次の指示があるまで待てとのお達しだ」

「二十四時間」

カミングスはうなずいた。

「JMCTFにできることは何もない――?」

「ああ、残念だがね。JMCTFにぶらりと入ってきて両手を挙げ、〝悪うございました〟と言って降伏しないかぎり、ナイトが刑務所に行くことはない」カミングスは力なく微笑んだ。「ラドンナから聞いたよ、きみはパーセンテージで考えるそうだね。ナイトが自首する確率がどのくらいか、きみにも予想がつくだろう?」

ショウは尋ねた。「ＪＭＣＴＦやＦＢＩは、ナイトの居場所をつかんでいるんですか」

「見当もつかない。たとえ知っていたとしても、漏らせない」カミングスはショウの目をのぞきこみ、そこにあったものを見て不安を覚えたらしい。「きみの気持ちはわかる。しかし、愚かな真似はしないでくれ」

「同じことをカイル・バトラーやヘンリー・トンプソンに言えますか」ショウは立ち上がってヘルメットとグローブを持った。ティファニーに一つうなずいてから、出口に向かった。

「コルター」カミングスが言った。「あの男にそこまでの価値はない」

カミングスは続けて何か言ったようだが、そのときにはもうひんやりとした夜の通りに出ていたショウの耳には届かなかった。

71

ジミー・フォイルは誰かしら面会者を予期していたかもしれないが、彼が来るとは思っていなかったようだ。

コルター・ショウがＪＭＣＴＦの取調室に入っていくと、フォイルは驚いたように目をしばたたいた。偶然にも、そこはショウとカミングスが初めて顔を合わせた取調室だった。たった二日前のことなのに、遠い昔のことと思えた。

フォイルはテーブルの反対側に座っている。床には鎖を固定するための輪がセメントで埋めこまれているが、フォイルは鎖をかけられていなかった。留置場側はおそらく、ショウならたとえ攻撃されたところで軽くあしらえると判断したのだろう。

　フォイルがぼそぼそと言った。「何も話すことはない。これは罠だ。警察は自白をほしがっている。私は何も話さない」

　フォイルに同情を感じないと言えば嘘になる。自分が得意とするものに人生のすべてを投じたのに、この若さで、才能のきらめきは早くも失われたと痛感させられたら？ミューズに完全に見放されたら？

「私は個人的に来ただけだ。ここで聞いた話は誰にも明かさない」

「何も話さないと言っているだろう。さっさと帰ってくれ」

　ショウは穏やかに言った。「ジミー、私の職業は知っているだろう」

　フォイルは戸惑ったように答えた。「懸賞金ハンター……とか何とか」

「そのとおりだ。捜す対象が迷子の子供のこともあれば、アルツハイマー病を患ったおじいちゃんのこともある。だが、たいがいは逃亡犯や脱獄犯でね。私の手で刑務所に送りこまれた人間はかなりの数に上る。つまり、私をよく思っていない人間ということだ。きみの今後のスケジュールを調べた。公判までのあいだはサンクエンティン刑務所に拘置される。きみが協力を拒むようなら、私は知り合いのオヤジたちと話をするつもりでいる。ちなみにオヤジというのは看守のことだ。行けばすぐ覚えることだろうがね。看守は、きみは私の友人らしいという話を服役囚のあいだに広め――」

「何だって？」フォイルは身をこわばらせた。

ショウは掌を前に向けて片手を挙げた。「まあ、落ち着け……そういう噂はあっという間に広まるものだよ」

「何て野郎だ」フォイルはため息をつき、それからテーブルに身を乗り出した。「ここで話したことは全部筒抜けだぞ」そう言って天井を見上げる。どこかに隠しマイクが埋めこまれていて、二人の会話をせっせとどこかへ送り届けている。

「私が質問を書き、きみが答えを書くのは、だからだよ」

ショウはバッグから仕事用のノートを抜き出して開き、ペンのキャップをはずした。ペンはふにゃふにゃしたプラスチックでできた安物だ。デルタのティタニオ・ガラシア万年筆の尖ったペン先を見た看守が、殺人容疑で勾留されている人物と取調室で面会するのにこれを持ちこむのは賢明ではないと助言し、代わりに貸してくれたボールペンだった。

72

「死なずにすませるのは簡単なことだ」アシュトン・ショウは十四歳のコルターにそう話した。「ただし、生き延びるのは困難だ」

それはいったいどういう意味かと息子は尋ねなかった。父の話は、聞いていればいつかちゃんと要点に行き着く。

「ソファに寝転がってテレビをながめる。オフィスに座って報告書をタイプする。ビーチを散歩する。それで死を避けることはできる……おい、ハーケンをくれ」

　このときのコルターはまだ子供だったが、それでも地上四十メートルの空中に浮かんだ状態で死を避けるなどという話を持ち出すとは皮肉が効いていると思った。二人はコンパウンドの敷地の境界線を越えてすぐのところにそびえる〝悪魔峠〟の絶壁に取りついていた。

　コルターはハーケンを父に渡した。父は細いロープで結ばれたハンマーを使って岩の割れ目にハーケンを打ちこみ、効きを確かめてから、かちりと鋭い音を立ててカラビナを引っかけた。二人はチョークを手につけ、並んでまた一メートルほど登った。頂上まではあとほんの三メートルほどだ。

「死なないのと生きているのは同じではない。生きているのは、生き延びているときだけだ。そして生き延びるのは、失いたくない何かを失うリスクを冒しているときだけだ。失いかねないものが大きければ大きいほど、生きている実感を持てる」

　コルターは、この教訓が〝べからず《ネヴァー》〟の規則に変換されるのを待った。

　しかし父はそれ以上何も言わなかった。

だからこそその教訓は、父からもらったアドバイスのなかでコルター・ショウの一番のお気に入りになった。〝ネヴァー〟の規則をすべて合わせたよりも気に入っている。ヤマハのオフロードバイクＹＺ４５０ＦＸのギアを落とし、シリコンヴァレーとハーフムーンベイを隔ててそびえるスカーペットピークに続く未舗装道路を走りながら、ショウはアシュトンのその言葉を思い出していた。ヘンリー・トンプソンが殺害されたビッグベースンレッドウッズ州立公園にあった木材運搬道路と同じく、この道も昔は木材の運搬に使われていたのかもしれないが、いま使っているのは主にハイカーのようだ。時速九十キロに達したバイクは、道路の凹凸のてっぺんから飛び出し、秋になると渡ってきて湖面すれすれをすべるように飛んで着水する水鳥のようにふたたび着地した。

時間がない。スロットルをさらに開けた。

まもなく周囲が開けた場所が見えてきた。背の低い草に覆われた四万平方メートルほどの土地は、マツや広葉樹の森に囲まれている。

森を出たところでエンジンを切った。このオフロードバイク――四五〇ccモデル――にはキックスタンドがついている。街乗りにも使うのなら必須だ。どこかで店に入るとき、オートバイを横に倒して置くしかないのでは困る。スタンドを立て、ヘルメットとグローブを脱いだ。

これは狂気の沙汰だろうか。

ショウは自分に言い聞かせた。そうだとしてもかまわない。こうするしかないのだから。

死なないのと生きているのは同じではない……

開けた野原を見て、コンパウンドの裏の草原を思い出した。メアリー・ダヴはそこで夫の葬儀を取り仕切った。アシュトンは自分の死を意識して——過剰に意識していたといってもいい——実際に死が訪れるずっと前から葬儀の手配をすませていた。そのころの父の思考は切れ味が鋭く、冴えていて、ひねくれたユーモアのセンスに満ちていた。葬儀に関する指示書にはこうあった——〈アッシュの灰《アッシュ》は三日月湖に撒いてほしい〉。

ショウは野原を見渡した。月光に照らされた野原の奥に、猫の目のように黄色く輝く窓が二つ。この位置からだと、二つ並んだ点にしか見えない。その光源はこぢんまりとしたログハウスだ。ショウがジミー・フォイルから搾り取った情報は、この別荘の所在地だった。

ログハウスまで走って五分とかからなかった。残り三十メートルの地点で立ち止まり、警備の者がいないか目で探した。監視カメラがあるかもしれない。モーションセンサーも設置されているかもしれない。いかにすばやくターゲットに接近するか、いかに不意をつくか。成否はそこにかかっている。

トニー・ナイトは、このログハウスに突然の来客があるとは思っていないはずだ。なんといってもナイトは、強力なコネに守られて刑事免責を与えられているのだから。

そのクライアントは誰なのか。ナイトに金を渡し、ニュース番組で政敵に関するでたらめな噂を流し、次の選挙で追い落とそうとした政治家とは誰なのか。上院議員か。下院議員か。

ショウはグロックを抜き――習慣で――強力なスプリングの抵抗を感じながらスライドを引き、一発が薬室にあることを確かめてから、またホルスターに戻した。腰を落としてログハウスの正面に近づいた。ショウや兄や妹が育ったロッジと雰囲気は似ているが、このログハウスのほうがはるかに小さい。やや黄みがかった灰色の丸太で造られたこのログハウスは、寝室が三つか四つある程度の広さだろう。独立したガレージがあり、その前にSUV一台とメルセデス・ベンツ一台が駐まっていた。

つまり、ボディガードが少なくとも二人、ナイトと一緒にここに来ているということだ。ナイトはおそらく、ここからヘリコプターで出国するつもりなのだろう。オレンジ色の吹き流しが野原に立っていた。ボディガードはヘリコプターには乗らず、車二台を運転して戻るのだろう。

湿り気を帯びた冷たい空気がマツの香りを運んできた。ショウはログハウスに慎重に近づき、ほんの一瞬だけ首を伸ばしたあと、すぐにまた腰を落とした。

その一瞬で屋内を確認できた。トニー・ナイトは携帯電話を耳に当て、もう一方の手を大げさに振り回しながら部屋の中を歩き回っている。

ナイトは休日用のカジュアルな服を着ていた。薄茶色のスラックス、黒いシャツ、濃い灰色のジャケット。企業ロゴもチームのシンボルもついていない黒い野球帽をかぶっている。服装から判断するに、まもなく出発する予定でいるのだろう。ナイトは一人きりではなかった。近くにボディガードが二人付き添っている。『コナンドラムⅥ』の華々しい予告映像に周囲が気を取られているあいだにC3ゲームショーの会場からショウをさらったのと同じ二人だった。一人は携帯電話で通話中で、もう一人はイヤフォンを耳に入れてタブレットの画面をながめながら、何かを見て笑っていた。

ショウはじりじりしながら三分ほど待ったあと、もう一度窓からなかをのぞいた。室内の光景はさっきと変わっていなかった。

松葉が積もっているか土の地面がむき出しになっているところだけを踏むように用心しながらログハウスの裏に回り、ほかの部屋も窓越しに確かめた。ログハウスにいるのは三人だけのようだ。

玄関に近づき、ノブを試した。鍵がかかっている。それなら、窓だ。

だが、窓にはたどりつけなかった。

四人目が現れたからだ。ガレージから出てきたその男はバックパックを肩にかけ、左右の手にそれぞれダッフルバッグを提げていた。がっしりした大柄な男で、髪はクルーカット、腕が長かった。ショウに気づいた瞬間、足を止め、バックパックとダッフルバッグを地面に落とし、腰に手をやろうとした。ショウは飛びかかった。男は銃を抜くのをあきらめ——もう間に合わない——拳をかまえた。しかし、そのときにはターゲットが消えていた。ショウは重心を落とし、低い位置から片脚で男の足を払った。大学のレスリング部で鍛えた基本の技だ。

ボディガードは重量級だったが、それでも背中からまともに地面に叩きつけられた。あえぎながら顔をゆがめる。衝撃で息ができなくなっている。ショウはグロックを抜いたが、銃口はボディガードではなく上に向けておいた。

ボディガードは愚かではなかった。すばやくうなずく。ショウはボディガードの銃を奪ってポケットに入れ、自分のグロックもホルスターに戻し、ボディガードの服のポケットを叩いてほかの武器がないことを確かめた。ボディガードの携帯電話の電源を切り、持っていた鍵束を取る。それから人差し指を立てて円を描くように動かした。ボディガードはまたうなずき、腹ばいになった。

ショウはボディガードの手首と足首を結束バンドで縛った。それからログハウスに向き直った。

鍵を差しこむ。音を立てずに回し、銃を抜き、ドアを開けて、玄関ホールに足を踏み入れた。料理のにおいがしていた。タマネギ、脂。薄暗い室内を見回す。廊下の左側に並んだ寝室は暗い。キッチンの様子をうかがうには、入口からのぞいてみるしかない。だがそうすれば、バーカウンターで仕切られただけのリビングルームにいる三人に気づかれるおそれがある。いまこのログハウスに五人いる可能性は——？

ごくわずかだろう。

そこで、ショウは両手で拳銃をかまえ、三人が座ったり歩き回ったりしている部屋にすばやく入った。

ナイトは携帯電話を取り落とした。「何だおまえは」と言った声はほとんど悲鳴のようだった。ボディガードが勢いよく振り向いて立ち上がろうとした。

「やめろ。座っていろ」

二人はゆっくりと椅子に座った。

ショウは、携帯電話とタブレットを持った二人の手をさっと観察してから言った。「おまえ」一人に顎をしゃくる。「左手の親指と人差し指だけを使って銃を出せ。こっちに投げろ」もう一人には、右手で同じことをするよう指示した。

いま反撃を試みるのは、英雄的な戦術でも利口な駆け引きでもない。ただ愚かなだけだ。二人はショウの指示に従った。

ショウは結束バンドを二人のほうに投げた。

「どうやって……」一人が言いかけた。

ショウは険しい視線を向けた。「自分で考えろ」

二人は歯を使って結束バンドを自分の手首に巻きつけ、締め上げた。

ショウは奥の壁に電灯のスイッチが並んだパネルを見つけ、それに近づいてスイッチを入れた。別荘の敷地が煌々《こうこう》と照らされた。次にキッチンの近くに移動した。その位置からなら、三人を監視しつつ、庭の様子も見張れる。

「ほかに誰かいるか。外で縛られて転がっている一人以外に」

「なあ、ショウ――」

「ほかにも誰かいて、そいつが何らかの行動を起こしたら、迷わず射殺する。そうなると、ほかにも撃たれる奴が出てくるかもしれないな」

ナイトが言った。「もちろんほかにもいるに決まっている。だからおまえは……」

ショウはボディガードの一人を見やった。邪魔が入るまで、タブレットでコメディ番組を楽しんでいたほうだ。ボディガードは首を振った。

ナイトがうなるように言った。「これはいったい何の真似なんだ?」不思議なもので、怒りは整った顔を恐ろしく醜悪なものに変える。

「ジャケットとシャツの裾を持ち上げて向こうを向け。そのあと、ポケットの中身をすべて出せ」

傲慢な目でショウをにらみつけたあと、ナイトは指示に従った。銃は持っていなかった。

ショウはナイトの携帯電話を拾って通話を切った。

「どうしてここがわかった? フォイルか? あの裏切り者。しかし、ここを見つけたから何だ? 警察でも何でも好きなだけ連絡するといい。私には誰も手出ししないはずだ。あと一時間で出国する。私はな、モノポリーで言えば〝刑務所釈放カード〟を持っているんだよ」

「座れ、ナイト」

「死んだガキは気の毒に思っている。カイル・バトラーだったか。あれは想定外だった」ショウの銃から視線をそらし、ショウの冷たい目を見た瞬間、ナイトは恐怖に目を見開いた。

「想定外だろうと何だろうと同じことだ。カイルは殺された。ヘンリー・トンプソンもだ。エリザベス・チャベルと赤ん坊もあやうく死ぬところだった」

「フォイルの奴。妊娠中の女を誘拐するとはな」ナイトは伝説の癇癪《かんしゃく》を起こしかけていた。体が怒りに震えているのが見えるようだった。「で、これはいったい何のつもりだ？　私を警察に渡そうとしても無駄だぞ。私を撃つか？　目的はそれか？　復讐するは我にあり、みたいな話か？　やったのはあんただとすぐにわかるだろうよ。逃げられると思うのか」

「黙れ」ショウは言った。おしゃべりは聞き飽きた。携帯電話を取り出し、ロックを解除してメール画面を開き、コーヒーテーブルに置いた。それからナイトを銃で狙ったまま、後ろに下がった。「それを読め」

ナイトは携帯電話を取り——その手は震えていなかったとは言えない——表示された文面を読んだ。それから顔を上げた。「何の冗談だ、これは」

73

土埃にまみれたヤマハのバイクをロスアルトスヒルズのウェストウィンズＲＶセンタ

ーの入口に乗り入れたところで、ショウはその大型看板に初めて目を留めた。そんなものがあることにこれまで気づいていなかった。RVパークからは少し離れた位置——フットボール場二つ分くらい先にあるが、白い看板に並んだ黒い文字はここからでも容易に読み取れた。〈シリコンヴィルで新生活を……詳しくはウェブサイトで〉。

あのアナログおもちゃマニアがウィスパリング・マンではないかと疑うとは、我ながら……

アップル・ロードに沿ってバイクを走らせた。世界中のどこであろうと、アップルと言えば果物を指す。しかしここシリコンヴァレーでは、同じ語が指すものは一つしかなく、それに注がれる世間の目は宗教がかっている。バチカン・ドライブやメッカ・アヴェニューと呼ばれているのと変わらない。ショウは右折してグーグル・ウェイに入り、ウィネベーゴを駐めたスペースに向かった。そしてウィネベーゴの前に意外な人物を見つけて、思わず急ブレーキをかけた。エンジンを切る。一瞬ためらってからヘルメットとグローブを脱いだ。

マディー・プールに近づく。マディーは自分の車のフロントフェンダーにもたれてコロナ・ビールを飲んでいた。無言で車内に手を伸ばし、新しいボトルを取った。栓抜きで王冠をはずし、ショウに差し出す。

二人は乾杯するようにボトルを互いのほうに軽くかたむけたあと、ビールを飲んだ。

「すごいじゃないの。また被害者を救ったって、コルト。ニュースで聞いた」

ショウはキャンピングカーのほうにちらりと目を向けた。マディーがうなずく。夜の空気は冷たい。ショウはロックを解除し、二人は車のなかに入った。明かりをつけ、ヒーターをオンにした。

マディーが言った。「妊娠してたんでしょう。赤ちゃんにあなたの名前をつけるって?」

「いや」

マディーは不服そうに舌を鳴らした。「ねえ、あれはこの前の銃撃戦の跡? ドアの横の穴」

ショウは記憶をたどった。「いや、あれはだいぶ前のだな。明るいところで見れば、縁が錆びているのがわかる」

「どこで?」

銃で撃たれるような経験をしたら、どこでだったか瞬時に思い出せると誰もが思うだろう。その日の天気、正確な時刻、そのとき着ていた服も覚えているのがおそらくふつうだ。

たしか……アリゾナ州であの仕事をしたとき、か。

「アリゾナ」

「ふうん」

いや、あれはニューメキシコ州だったか。確信が持てなかった。そこで隣のアリゾナ州でよしとすることにした。

　マディーは濃い紫色のTシャツの裾を直した。薄手のジャケットに隠れて、〈AMA〉とその下の〈ALI〉という文字しか見えない。足もとは履き古した水色のサンダルだった。見ると、右足の真ん中の指に赤とゴールドのトーリングがあった。昨日の夜もしていただろうか。そうか、わからなかったはずだ。明かりを全部消していたのだから。

　マディーが車内を見回した。寝室のそばの壁に貼られた地図——ルイス・クラーク探検隊の旅程をたどったもの——にマディーが気を取られている隙に、ショウはグロックをスパイス棚の奥の定位置に戻した。

「一度も訊かなかったけど、コルト、懸賞金ビジネスってどうなの？　それで生計を立てるって、珍しいじゃない？」マディーがこちらを向いて言った。

「私の性格には合っている」

「一つところにじっとしていられない人。体も、心もね。あなたのメッセージ、聞いたわ」マディーはビールを大きくあおった。沈黙が続いた。キャンピングカーのなかにいても聞こえてくる車の往来の音さえ無視すれば、完璧な静寂だった。シリコンヴァレーでは、どこにいても車の音が聞こえる。ショウは風のない日のコンパウンドを思った。世界の果てまで静まり返っているようだった。それはそれで、ピューマの低いうなり声と同じように人を不安にさせる。マディーの左手——ビールを持っているのではないほうの手——の指がかすかに震えていた。いや違う。目に見えないキーボードを叩いているのだ。無意識にやっているらしい。

ショウは言った。「家の前を通ってみた。きみはもういなかった」

「ゲームショーは終わったから。私たちゲーム好きの遊牧民はそろってテントをたたんだところ。私は渋滞が始まる前に出発して、南に向かうつもり」すでに夜は遅い。午後十一時だ。しかしマディー・プールのような夜型の人間にとっては、まだ夕方にもなっていないだろう。「電話ってあまり好きじゃなくて。顔を見て話そうと思った」

ショウはビールを飲んだ。「謝りたかった。それだけだ。謝ってすむことじゃない。わかってる。それでも……」

マディーは別の地図を見つめていた。

ショウは言った。「一つ思いついたことがある。私たちの団体のことで」

「団体？」

「名前を変更しよう」ショウは言った。「〝ネヴァー・アフター・クラブ〟から、〝オン・レア・オケージョンズ・クラブ〟（「まれにある」の意）。どう思う？」

マディーはビールを飲み干した。

「空き瓶はそこに」ショウは指さした。

マディーは瓶をくずいれに入れた。「二年くらい前、友達がボーイフレンドと別れたことがあったの。ボーイフレンドのほうも私がよく知ってる人だった。友達は、彼に殴られた、階段から突き落とされたって言ったわ。それはもう大騒ぎでね。わんわん泣いちゃって。だから私はそのボーイフレンドの家にまっすぐ行って、思いきり殴ってやった。友達なら誰だってそうするでしょ？」

どう答えるのが正解なのかわからない。

「ところが、友達の話は嘘だとわかったのよ。信じられる？　その子、自分が振られるのは初めてだった。だから、彼から暴力を受けたってことにしたのよ。自分のせいで別れたと思われたくなかったから」マディーは首を振った。「問題はここから。あのときもう少し冷静に考えてたら、あの彼が暴力を振るうなんて絶対にありえないって私にもわかったはず。でも、私は結論に飛びついてしまった。そのあと彼に謝ったけど、そりゃそうよね、元には戻れなかった」

ショウは言った。「リセットボタンはなかった」

「そう。リセットはできなかった。だけどね、コルト、今夜あなたから電話をもらっていなかったとしても、会いに来るつもりだった。私なりの人生訓があるの。人生は短い。誰かにこんにちはって言うチャンスを逃してはいけない。さよならを言うチャンスも……あ、見て。ついにあなたを笑わせたわ。さて、そろそろ出発しないと」

二人は短いハグを交わした。マディーは車を降りていった。ショウはマディーが自分の車に乗りこむ様子を窓から見守った。まもなく、マディーの車は尻を振りながらグーグル・ウェイを遠ざかって消えた。あとに波打つ黒いタイヤマークを二本と青い煙の幽霊を残して。

ショウはカーテンから手を離して考えた。首筋のタトゥーの意味はわからずじまいになったな。

74

そのニュースはすでに報じられていた。

ショウはテレビをつけ、地元局にチャンネルを合わせていた。

ナイト・タイム・ゲーミングの共同設立者のトニー・ナイトが、サンタクララ郡重大犯罪合同対策チーム本部に自首しました。ナイトはこの週末に発生した連続誘拐殺人事件に関連し、重要参考人としてJMCTFに手配されていました。同社のもう一人の共同設立者でゲーム開発部門を率いるジェームズ・フォイルは、今夜すでに逮捕されており……

ショウはテレビを消した。それだけわかれば充分だ。カリフォルニア州と首都ワシントンDCの各捜査機関のあいだでいま、どんなやりとりが交わされているだろう。激しい議論、上昇する血圧、不安で折れそうな心。そんなところだろうか。

野原のはずれに建つログハウスで、ショウの携帯電話の画面を呆然と見つめながらナイトが発した言葉が耳に蘇った。

「何の冗談だ、これは」

ショウは携帯電話にうなずいて言った。「明日の朝六時、その告知がウェブに公開され、同時に世界各国の五十の新聞社やテレビ局に送信される」

懸賞金：一〇〇万ドル
アンソニー（〝トニー〟）・アルフレッド・ナイトの所在に関する情報求む
殺人、誘拐、暴行、共謀の容疑でカリフォルニア州当局が手配中の人物

その下にナイトの写真がずらりと並んでいた。変装を想定してフォトショップで加工された写真もある。懸賞金ハンターの捜索の手がかりとなりそうな情報も並んでいた。賞金の受け取り方の詳細も付記されている。

「いや……わからないな。だって、誰が懸賞金を出した？　警察じゃないよな。取引が……」ナイトはそこで口をつぐんだ。警察と取引したという事実にはスポットライトを当てずにおくほうが賢明だと考え直したのだろう。

「私だ」ショウは言った。

「え、あんたが？」

ショウは所有する会社の一つを通じて懸賞金を出すことにしていた。人に訊かれれば

懸賞金ハンターで生計を立てていると答えるが、より正確を期すなら、懸賞金ハンター
で生計の一部を立てているという答えになる。コルター・ショウの収入源はほかにもあ
る。

「少し説明させてもらおうか、ナイト。この懸賞金の告知が報じられた瞬間、数百人が
きみの捜索計画を立て始めるだろう。世界中でね。どこへでも好きな国に逃れるがいい。
逃亡犯罪人引渡し条約が締結されていない国？　そんなことには何の意味もない。金目
当ての懸賞金ハンターはきみを探し出し、秘密裏にきみをアメリカに連れ戻して、懸賞
金を請求するだろう。

私はこれまでに大勢の懸賞金ハンターと知り合ってきた。彼らは決して人好きのする
人間ではない。百万ドルのためなら、なかには賞金稼ぎ的な考えかたをする者も出てく
るだろう。告知には〝生死にかかわらず〟とは書いていないが、そう解釈する者もいる
だろうということだ。きみはこの先一生、背後を気にしながら毎日を、毎分毎秒を過ご
すことになる」

ナイトは役立たずのボディガードたちに嫌悪のまなざしを向けた。

ショウは続けた。「公開を止められるのは私だけだ。私の身に何かあれば、午前六時、
その告知が世界に向けて公開される」

「ちくしょう」

「きみは有力者にコネを持っているんだろう、トニー。きみのクライアントだ。警察の

捜査を中断させられるくらいだ、彼らなら量刑を軽くする程度のことはできるだろう。終身刑よりは軽くすむ。さて、その携帯電話を置け」

ナイトはもう一度告知に目を通してから、ｉＰｈｏｎｅをコーヒーテーブルに置いた。

「下がれ」

ナイトがテーブルから離れるのを待って、ショウは携帯電話をポケットにしまった。

「午前六時だ、ナイト。時間がないぞ」

ショウはログハウスを出て、地面に転がしておいたボディガードが無事に息をしていることを確かめてから——無事だった——野原の反対側まで走り、オートバイにまたがった。

いま、ショウは外に出てヤマハ車をキャンピングカー後部のラックに固定し、ふたたび車内に戻った。ちょうどそのとき電話が鳴り出して、ショウは画面を確かめた。

この番号から電話がかかってくるだろうと予期していたが、かけてきた人物は意外だった。

「コルターか？　ダン・ワイリーだ」

「やあダン」

「コルトって呼ばれたりはしないのか」

「なかにはそう呼ぶ人もいる」

「コルトって銃のメーカーがあるだろ」

「そうらしいね」ショウは言った。たとえばいまベッドの下にしまってある銃。

ショウは窓の外を見やり、マディーの荒っぽい運転がグーグル・ウェイの路面に残した濃い灰色のタイヤ痕を見つめた。クイック・バイト・カフェで会ったときのマディーの顔が浮かぶ。ショウはそのイメージを、マーゴ・ケラーのイメージをしまってあるのと同じ場所にしまい、扉を閉じた。

「それで、だ。知らせときたいことがある。トニー・ナイトの件だよ。ロナルド・カミングス――って覚えてるか」

「ああ」

「あんたに電話して伝えてくれって、カミングスから頼まれた」

「どんな話かな」

「あんたも知っときたいだろうと思った。実を言うと、ナイトの捜索に関して、うちと――JMCTFとFBIのあいだでちょっともめたりしててな」

「それは知らなかったな」

「もめてたんだよ。そのせいで捜索はまるで進んでなかったわけだ。ところがだよ、突然、本部に来て自首した奴がいた。誰だと思う？」

「ナイトか」

「そうだ。殺人と誘拐と、みんなが大好きな共謀の容疑で逮捕した。なんでまた自首する気になったんだろうな」

「何にしろよかったじゃないか」カミングスが自分で電話せず、代わりにワイリーに指示した理由は想像がついた。重大犯罪合同対策チーム上級管理官たるカミングスは、ナイトに関わる一切と距離を置こうとしているのだ。クイック・バイト・カフェに呼び出したのは、おまえは手を出すなと表向きは言いながらも、何とかならないかと遠回しにほのめかすためだったのだろうか。ショウはこの確率を半々と見積もった。

ワイリーが続けた。「そうだ、それとは全然関係ない話だが、もう一つ。鑑識から報告書がぼちぼち出始めててね。さっき、弾道検査の結果を見た。カイル殺害に使われた弾と、ラドンナを負傷させた弾は、同じ銃から発射されたものだ。フォイルが所持していた銃だな。しかし、昨日、市警の鑑識チームがあんたのキャンピングカーの近くの壁と木からほじくり出した弾は、別の銃から発射されてる。おそらくベレッタ。四〇口径。フォイルがほかにも銃を持ってると思うか?」

ショウの口もとに運ばれかけていたビールがふと止まった。「いや、ダン。ほかには見ていない……悪いが、切るよ。また連絡する」

ワイリーの別れの言葉を聞くことなく電話を切った。

フォイルがほかの銃を持っているとは思えない。たとえ持っているとしても、交互に使う理由がわからない。

つまり、今朝早くウィネベーゴに侵入したのは別人だということだ。

車内を三歩で横切り、スパイス棚の扉を開け、セージやオレガノ、ローズマリーの小瓶のあいだに手を押しこんでグロックを探った。ないさっき外に出て、ヤマハのオートバイをキャンピングカーに固定しているあいだに盗まれたらしい。

寝室のドアが開く音がした。ショウは振り返った。予期したとおりの光景があった。侵入者が現れた。ベレッタの銃をかまえている。

だが、その光景には予想外のところがあった。侵入者は、オークランドでも会った人物——ネズミ男だった。火炎瓶を持ってRVパークをうろついていた男。目的はヘイトクライム、数十年前の公民権運動家を讃える落書きに放火することだろうと思われた人物。ショウはようやく理解した。この男の目的は、まったく別のところにあったのだ。

75

「座れよ、コルター。楽にしろって」

記憶にあるとおりの声だった。甲高く、どこかおもしろがっているようで、自信にあふれている。あのアクセントは、ミネソタ州、あるいはダコタ州のものだ。

これはどういうことかと考えた。さっぱりわからず、あきらめた。

ショウは座った。

ネズミ男はテーブルを指さした。「その電話のロックを解除して、またテーブルに置いてくれ。さ、頼むよ」

ショウは言われたとおりにした。

ネズミ男は携帯電話を持ち上げた。黒い布手袋をはめている。指先だけ明るい色の別布になっていて、その部分を使ってiPhoneの画面をスワイプした。目は、画面とショウのあいだをせわしなく行き来していた。

サンミゲル公園でショウをつけ回したのはジミー・フォイルだ。ウィスパリング・マンのステンシル風の不気味なイラストを置いたのも。だが、だからといって、キャンピングカーを監視していたのもジミー・フォイルだということにはならない。

一点にばかり集中するべからず。

ネズミ男が訊いた。「この最後の電話。着信だな。誰からだ?」

調べればすぐにわかることだ。「重大犯罪合同対策チーム。シリコンヴァレーの」

「ほっほう。それは困ったな」

「あんたには関係ない。私が捜査に協力した誘拐事件の連絡だった」

ネズミ男はうなずいた。発着信履歴をスクロールしている。JMCTFから着信があった時刻に気づいたのだろう。それを見れば、ネズミ男がベレッタの銃を持って現れる前にその電話を切ったことがわかる。ネズミ男は携帯電話を置いた。

「私の銃はどこだ?」ショウは訊いた。

「俺のポケットに入ってるさ。ちっちゃな銃。パイソンもだ。ベッドの下にあった。利口な隠し場所だ。しかも趣味のいい選択だな。いい銃だ。あんたも知ってると思うが」

この男はどこかおかしいとしか思えない。しかし、断言できそうなことが一つある。この男がこうして来たのは、オークランドで焚き火を邪魔されたのを根に持ってのことではない。あの放火未遂は、陽動だ。ショウの注意をそちらに引きつけておいて、その隙にウィネベーゴに侵入しようとしたのだ。

あのとき、この男はやはりこう言ったのだろう――〝なんで通報なんかするんだよ、ショウ？〟

もう一つの疑問――このキャンピングカーにある何が目当てなのか――の答えはまだわからない。

車内は明るく、男のあばた面が二日前よりもはっきりと見えた。首筋に傷痕があるのも見えた。ショウの首筋にある傷と大ざっぱに同じ位置だった。ネズミ男の傷のほうが無残で、そこをかすめた弾が二重の傷を残したかに見える――皮膚を削り、同時に弾丸の熱で肉を焼いた。

ネズミ男は年季の入ったプロらしく、銃を持った手をショウに向けて伸ばすようなことはしなかった。動きのすばやい相手なら、片手で銃を払いのけ、もう一方でパンチを食らわせるくらいはやってのけるだろう。ショウも何度も似たようなことをしてきている。しかしネズミ男は、つややかな黒い銃を脇腹にぴたりとつけてかまえ、銃口をショウに向けていた。

ショウは言った。「今朝も侵入したな。デントプラーとバールを使って。ぶざまな仕事だった。そのへんのちんぴらがドラッグを買う金ほしさにやったことのように見せかけた。ところが今夜は気配を殺して侵入した」

ネズミ男は修理済みの錠前を手際よくピッキングしたのだろう。鍵のかかった場所に侵入した経験が何度かあるショウは、その手腕に脱帽せざるをえない。

最初に侵入したとき、ネズミ男は目当てのものを探したが――見つけられなかった。その後また偵察に来て、金庫――持ち去るにしてもこじ開けるにしても、大がかりな工具が必要だ――と銃の隠し場所を見つけた。そして今夜まで待ち、ショウと話をするために来て、マディーがいなくなるまで隠れていた。

ネズミ男は左手をポケットに入れ、手錠を取り出した。ショウに放ってよこしたが、ショウは受け取らなかった。手錠は床に落ちた。

一瞬の間があった。

「あのな、ものにはルールってやつがあるんだよ」

ショウは言った。「手錠など不要だ。空手の技など一つも知らない。銃は二丁ともおまえが持っている。ナイフ投げの心得はあるが、この車にあるナイフは料理用のサバティエだけで、投げるにはバランスが悪い」

「ルールに従えよ。あんたの安全と、俺の心の平和のために。まあな、俺も人を殺したことがないわけじゃない。だが、どれも正当防衛だ。死人は何の役にも立たない……何だっけ、はやりの言葉があったよな。ああそうだ、死人は非生産的だ。よけいな注目を集めるし、俺の人生をややこしくする。面倒はごめんだ。俺はあんたを殺す気でいるか。いや、その気はない。しかしもちろん、殺すしかないようなことをあんたがすりゃ話は変わってくる。

俺は人を痛めつける。痛めつけるのは楽しい。相手が変わるような痛めつけ方をする。相手が永遠に変わるような痛めつけ方だ。絵画が好きな男なら、目をやる。音楽が好きな女なら、耳だ。この話の行き先が見えてきただろう。俺たちはあんたのことを知ってるんだよ、ショウ。この先死ぬまで車椅子ってことになると、仕事に差し障りが出るだろう。な？」

ショウは痩せた男を見据えた。顔にいっさいの表情を出さないようにした。だが、心臓は胸を破って飛び出しそうな勢いで打ち、口のなかはからからに乾ききっていた。

肉食獣の前で恐怖を見せるべからず……

「こいつは四〇口径の銃だ。どでかい弾が出るってことだよ。ま、言われなくてもよく知ってるだろうが」

よく知っている。

「肘、足首、次に膝。修理しようにも修理するもんが残らないだろうな。それに、せいぜい咳くらいの音にしか聞こえないようにする道具も持ってきてる。大きな声を出してみな、口にも一発いくぞ。さてと。まずは手錠だ。それであんたの心配はしないですむもんな、ショウ。手錠がいいか、肘がいいか」ネズミ男はビニール加工された黒い布のようなものをポケットから取り出した。サイレンサーの一種か？

ショウは手錠を拾って自分の手首にかけた。

「さて、用事をすませるとしようか。それが終わったら俺は帰る。封筒は寝室の金庫にあるのか」

「え……？」

ネズミ男は焦れったいのをこらえるような調子で言った。「あんたが――あの言葉はなんていうんだったか。ああそうだ、空とぼけようとしてるわけじゃないってのはわかってる。あんたは何も知らないんだよな。あんたの親父の友達のユージーン・ヤングがバークリー校の社会学部の書庫に隠した封筒をよこせと言ってるんだよ。三、四日前に盗んだだろ」

突然の方向転換に、ショウの頭はついていけなかった。

「いやいや、〝何の話かさっぱりわからない〟とか言い出すなよ。あんたがヤングの家に電話したことは知ってる。もう死んでるなんて知らなかったんだろ。そんな不思議そうな顔をするなよ、ショウ。ふだんは石みたいに無表情なくせに。質問に答えると――俺たちはヤングの家の電話を盗聴してた」

父の同僚の電話をずっと監視していたというのか？　死後は未亡人を？　十五年ものあいだ？　自分の領域を侵されたという不快な感覚も同時に湧いた。彼らはショウのことも監視していたのだ。

いったいなぜ？

ネズミ男が言った。「あんたは封筒の存在を突き止めた。パパの持ち物でも調べたんだろうな。何か手がかりを見つけて、社会学部の書庫に行った。で、見つけた封筒を〝拝借した〟わけだ」ネズミ男の顔がゆがみ、ネズミそっくりな笑みを作った。「社会学部。驚いたね。俺たちが探そうと思いつかなかった数少ない――ほんの一握りの場所の一つだ。だって、なんだって社会学部なんだ？　あんたの親父は社会学になんかまるで興味を持っていなかった」

「そう言われても――」

「さっき言ったよな。〝何の話かわからない〟はなしだ」

ネズミ男はなぜ、ショウがバークリー校で盗みを働いたことを知っているのか。ショウは記憶をたどった。ヤングの元妻にオークランドのRVパークに滞在していることを話した。キャロルのRVパークを突き止めるのは簡単だったろう。ネズミ男はショウを尾行してバークリーに来た。ショウは尾行にまったく気づいていなかった。オートバイで走っているあいだは、前や横に目を配るのが賢明だからだ。後ろではなく。回転灯が近づいてきたときは例外として。

しかし、そういった詳細はすぐにショウの思考から遠ざかった。いま肝心なのは〝俺たち〟というキーワード、謎の文書、十五年ものあいだ続いていたという盗聴だ。もしかしたら父は、周囲が思っていたほど精神を病んでいなかったし、妄想にとらわれてもいなかったのかもしれない。

陰謀の可能性を即座に排除するべからず……

ショウはユージーン・ヤングが父に宛てて書いた手紙の内容を思い返した。それからネズミ男に訊いた。「ブラクストンはいまどこに?」

思ったとおり、急所を突いたらしい。ネズミ男の眉間の青白い皮膚に皺が寄った。

「彼女の何を知ってるんだ?」

数秒前には知らなかった事実を一つつかめた。

彼女……

ネズミ男の唇がわずかに引き攣った。不意を突かれてうっかり口をすべらせた。ミズ・ブラクストンがどこの誰であれ、ネズミ男はそれ以上その話をしなかった。

「金庫。あのなかをのぞいてみようじゃないか」

「罠があるだけだ。ほかは何もない」ネズミ男が金庫に手を入れようとして指を折った隙に制圧するという作戦は、手錠をかけられている状態では使えない。ネズミ男というニックネームが皮肉に思えた。金庫のなかには、まさにネズミを獲るための大型の罠を仕掛けてあるのだから。

「やっぱりそうか。逆トラップじゃないかと思ったよ。逆トラップなんて言葉は存在しないのかもしれないが、まあ、なんとなくわかるだろ」

ショウは金庫を開けた。

ネズミ男は用意よく小型のハロゲン懐中電灯を持ち、金庫のなかを照らした。そこにある罠を見て感心したようだった。

二人はまたキッチンに戻った。「封筒はどこだ？　言わないと、痛い思いをすることになるぜ。決めるのはあんただ」

「財布」

「財布……床に下りろ。うつ伏せになれ」

ショウは言われたとおりにした。膝の裏に何かがそっと押し当てられた。まもなくそこに圧力が加わった。

「これは銃だからな」

そうだろうと思った。四〇口径の拳銃の発射音を消せるなら、さっき見た布はまさしく魔法の布だ。

ネズミ男はショウの財布を抜き取り、ショウをあおむけにして座らせた。

「運転免許証の後ろ」

ネズミ男が財布をあさる。「フェデックスのアラメダ・ストリート支店の荷物預かり証のことか」

「そうだ。父の書類のオリジナルとコピー二部を預けてある」

その支店は、ショウが前日に立ち寄ったエルサルバドル料理店、ポトレログランデの絶品のコーヒーを出す店と同じショッピングセンターにある。店を出てフランク・マリナーの家に向かう前に、書類を持ってフェデックスに行き、コピーを取った。社会学部から通報があって警察が訪ねてきた場合に備え、数日のあいだ、書類一式をそこに預けておくことにした。持っていなければ、知らないと言い抜けられる。

「ほかにコピーは？」

「その二部しかない」

ショウから一度に一秒ずつしか目を離さないようにしながら、ネズミ男は携帯電話を出してどこかへかけ、相手が出ると、フェデックスの支店のことを伝えた。預かり証の番号を読み上げる。それから電話を切った。

「この時間はもう閉まっている」ショウは言った。

ネズミ男はにやりとした。電話したのとは別の相手にだろう、メッセージを送る。そのあいだ沈黙が流れた。ネズミ男の目はショウから離れない。一秒を超えて目を離したら、ヘビのように襲ってくると警戒しているかのようだった。

ついにショウは待ちきれなくなって言った。「十月五日。十五年前」

ネズミ男は手を止め、電話から視線を上げた。その目に驚きはかけらも浮かんでいなかった。それまでバイオリンの弦のように張り詰めていた甲高い声はなりをひそめた。

「俺たちはあんたの親父を殺してないぜ、ショウ」

ショウの心臓が激しく打ち始めた。大型の拳銃の銃口と向かい合っているという恐怖以外の理由から。

「あんたにとっちゃ、どでかい謎のごった煮みたいなものだろうな。それはわかるさ。だが、そのままにしておくのが一番なんだ。一つ教えてやる。アシュトンの死は、俺たちにとっても……そう……災難だった。あんたも腹が立っただろうが、俺たちだってそれに負けないくらい腹を立てた……〝負けないくらい〟は言いすぎか。しかしまあ、言いたいことはわかるよな」

ネズミ男はメッセージのやりとりを再開した。

ショウはうろたえた。心が沈んだ。悪夢が現実になった――つまり、父を殺したのは兄のラッセルだったということになるからだ。つかの間、目を閉じた。ラッセルの声が聞こえた。ラッセルがここにいるかのように。

父さんは生き延びる方法を僕らに教えた。このあと僕らは父さんから生き延びなくちゃならない……

ラッセルはきょうだいを守るために父親を殺した。しかし同時に母を殺したも同然だ。母とアシュトンは、メキシコとの国境からカナダとの国境まで縦走する国立自然歩道の一つパシフィック・クレスト・トレイル中のアンセル・アダムズ原野で出会って以来、四十年間、文字どおり片時も離れることなく過ごしてきた。死の一年ほど前、精神がいよいよ崩壊を始め、アシュトンは妻にまで猜疑の目を向けるようになった。ひどいときには、妻も陰謀に加担していると考えることさえあった。アシュトンが主張する陰謀がどんなものだったにせよ。

それに、きょうだいと母親を守ることだけがラッセルの動機ではなかったのだとしたら。ショウはずっと前から疑っていた。もっと闇の深い動機があるのではないか。ラッセルの憎悪がついに沸点に到達したのだとしたら。一家が引っ越したとき、ドリオンとコルターはまだ幼かった。都会の暮らしをほとんど覚えていなかった。しかしラッセルは十歳だった。サンフランシスコのベイエリアが持つエネルギーや華やかさを知る時間があった。友達だっていただろう。なのにある日突然、それから切り離されて荒野に閉じこめられたのだ。

何年ものあいだ怒りをため、一人で抱えこみ、怨嗟《えんさ》だけが募っていった。

ラッセルは世捨て人のよう……

ネズミ男が携帯電話を下ろした。「いまさら言ってもしかたがないかもしれないが、あれは事故だった」

ショウは我に返った。

「あんたの親父。俺たちは生かしておきたかったが、ブラクストンは消したがっていた――ただし、まだそのときじゃないと考えていた。ほしいものを手に入れてからだとな。だから誰かを行かせて、文書の話を聞き出そうとした」

話を聞き出す。つまり拷問ということだ。

「俺たちにわかってるかぎりだと、ブラクストンの手下が〝コンパウンド〟に向かってることをあんたの親父さんは知ってた。アシュトンはわざと姿を見せて誘い出し、森のどこかで殺すつもりでいた。ところが、待ち伏せ作戦は失敗した。格闘になった。あんたの親父さんは転落した。

ブラクストンの手下が失敗したのはそれが二度目だった。だからそいつはもうこの世にいない——それが慰めになるかどうかわからんがね」ネズミ男はふいに首をかしげ、小さな笑みを浮かべた。「初めて行ったときは、どこかのガキに敷地から追い払われたらしいぜ。拳銃で脅されて。何やら古いリボルバーだったたって話だ……まさか、そのガキはあんただったなんて言い出さないよな、ショウ？」

映画の『脱出』みたいな家族か。

あのハンター……あの男はそのためにコンパウンドに来ていたのか。父を殺すために。アシュトン・ショウは心を病み、自分がスパイや謎の集団に消されかけていると思いこんでしまった。周囲はそう考えていた。

しかし、アシュトン・ショウの主張は、初めからずっと正しかったのだ。

ああ、ラッセル……

兄がいまここにいてくれたらとこれほど強く思ったことはなかった。いまどこにいるんだ、ラッセル？

なぜ消えてしまったんだ？

ショウは言った。「あんたは何から何まで知っているらしいな。私の兄、ラッセルのことはどうだ？　兄はいまどこにいる？」

「何年も前に痕跡を見失った。最後はヨーロッパだ」

外国にいるのか……意外だった。だがすぐに思い直した。驚くようなことか？　父の葬儀以来、まったく連絡を取り合っていなかったのだ。サンフランシスコのテンダーロイン地区ではなく、カンザスシティの静かな住宅街でもなく、パリにいるとしてもおかしくない。

「いったいどういうことなんだ？」

ネズミ男が答えた。「言ったろ。あんたが気にするようなことじゃない」

「ブラクストンという人物は大いに気になるね。事故だったかどうかは問題ではない。その女のせいで起きたことだ」

「いや、それもあんたが気にするようなことじゃない。それにだ、いいか、あんたは心配しないほうが身のためだぜ」

ネズミ男のあばた面がふいに気になった。青春期のニキビの痕と見えるが、そうなのか。おとなになってから病気でもしたか。ネズミ男は痩せ型だが筋肉はたくましい。あの用心深い目の動きは軍人か、傭兵のものだ。ガス攻撃でも受けて肌がただれたのか。

ネズミ男の携帯電話の着信音が鳴った。電話を耳に持ち上げる。「はい……了解。例の場所だ」

フェデックスの支店の仕事は首尾よく終わったらしい。

ネズミ男は電話を切った。「さてと」黒いハンカチのようなサイレンサーをしまい、キャンピングカーの奥側に移動して、ベレッタもポケットにしまった。「手錠の鍵はあんたの車の下に置いておく。グロックとコルトは、正面ゲートの脇にあるくずかごだ。俺たちを探そうなんて気は起こすなよ。あんたのためにならないからな」

76

体をよじって足を伸ばし、アスファルト舗装の無情な地面と格闘すること十五分、ショウはようやくマリブの下から手錠の鍵を引っ張り出した。責め苦の時間が長引いたのは、十歳の少年が浴びせてくる質問にも対応しなくてはならなかったからだ。

「おじさん、何してるの。変な格好」

「背中がかゆいんだ」

「嘘だ」

手首を解放したあと、グロックとコルトを探すのにまた五分かかった。何より腹立たしかったのは、ネズミ男が銃を放りこんだくず入れには、スラーピー(ゆるいシャーベット状の飲み物)の飲み残しがあったことだ。二丁とも分解し、ホッペのガンクリーナーをたっぷり使ってチェリー味のどろどろを掃除する手間がかかりそうだ。

キャンピングカーに戻り、ももの筋肉痛と首の凝りをやわらげる鎮痛薬としてサッポロ・ビールを冷蔵庫から出した。次にｉＰｈｏｎｅの連絡先や写真、動画をノートパソコンに転送し、ウィルスチェックをしたあと、ｉＰｈｏｎｅをビニール袋に入れ、ハンマーで叩き壊した。新しい電話番号を伝えるメッセージをコンパウンドにいる母に送り、妹とテディとヴェルマにも伝えた。

それからワシントンＤＣのマックの番号にかけた。

「もしもし」マックの女性らしい魅惑的な声が応じた。

「新しいｉＰｈｏｎｅを買うまで、プリペイド携帯を使う」

「了解」

シャーロット・マッケンジーは百八十センチの長身で、透けるように白い肌と長い茶色の髪をしている。眉はまるで彫刻のようにくっきりとして優雅だ。日中はスタイリッシュだが地味な色のスーツ——銃を携帯していてもそれが目立たないようにデザインされている——を着ている。いつもかかとが低い靴を履いているが、背の高さを気にしてのことではない。仕事柄、走らなくてはならない場面が少なくなく、しかもいざ走るときは全速力を要求されるからだ。いまマックが何を着ているかは想像がつかない。もうベッドに入っていただろう。ボクサーショーツにＴシャツかもしれないし、ブランドものシルクのネグリジェかもしれない。

マックはロビイストを泣かせ、内部告発者をかくまう。爽やかな春の風のようにほかの者の目には見えない事実や数字も、マックならきっと探り出す。

い。ショウとマックの双方を知っている人々は、なぜつきあわないのか不思議に思うらしい。ショウもときどき同じように思うが、ショウの心と同じく、マックの心も、恐ろしく複雑で難度の高い壁を登りきらなくては近づくことさえできないことをショウは知っていた。ヨセミテ国立公園のエルカピタンにそびえる絶壁ドーン・ウォールのような難関だ。

「調べてもらいたいことがある」ショウは言った。

「どうぞ」

「いまから写真を送る。顔認識で身元を調べてくれ。カリフォルニア州と何らかのつながりがありそうだが、断言はできない」火炎瓶事件の際に撮影した動画から切り出したネズミ男のスクリーンショットをメールに添付し、ノートパソコンからマック宛に送信した。

一瞬あって、マックが言った。「来た。いま送った」マックが写真を送った先は、スパコン上で動作する二十五万ドル相当の顔認識プログラムだ。

「ちょっと時間がかかる」

沈黙が流れた。それを破るのは、かちり、かちり、かちりというかすかな音だけだ。マックは電話をかけるときも受けるときもヘッドフォンと小型マイクを使う。編み物をするためだ。キルトも作る。ふつうなら、編み物とキルトはほかの趣味――沈船スキューバダイビングとエクストリーム・ダウンヒルスキー――と一人の人間のなかには同居できないだろう。しかしマックの場合は、何の問題もなく共存している。

「もう一つ。ブラクストンという人物について、可能なかぎり情報を集めてくれないか。おそらくラストネームだ。女性で、四十代から六十代。ひょっとすると私の父の死に関係している」

唯一の反応――「綴りはB-R-A-X-T-O-N？」

マックに仕事を依頼するようになって何年もたつが、ショウがどんな調査を頼もうと、マックが驚いた声を出したことは一度たりともない。

「そうだ」ショウはユージーン・ヤングが父に宛てて書いた手紙を思い浮かべた。


ブラクストンが生きている！


「十五年前、彼女に殺し屋が差し向けられたが失敗した可能性がある」

もしそうなら、ショウの父は殺人も辞さない陰謀集団に属していたことになる。そう考えると、ショウの心はざわついた。

「ほかには？」

マディー・プールの住所を調べてもらおうかとちらりと思った。ロサンゼルス市内かその周辺に住んでいるゲーム実況配信ガール《GrindrGirl》。

「いや、それだけだ」

かちり、かちり、かちり。その音が途切れ、別の音――パソコンのキーを叩く音が聞こえた。

「顔認識でヒットした」

「誰だった?」

「エビット・ドルーン」マックが綴りを言った。

ショウは言った。「変わった名前だな」

「写真を送る」

ショウはノートパソコンに表示された顔写真を見つめた。二十代くらいに若返らせたネズミ男。

「こいつだ」

ドルーンだって?

「経歴は」

マックが言った。「インターネット上には情報が存在しないも同然だけど、断片をつなぎ合わせると、ドルーンは――または、こっちのほうが可能性が高そうね、ITセキュリティのプロが――定期的にネット上の痕跡を消しているみたい。いま送ったその写真だけは消しそこねてる。退役軍人を取材した古い雑誌の記事なの。記事をスキャンしたJPEG画像なのよ。デジタル形式じゃない。だからボットが見逃したのね。中西部の北部のどこかで育った。軍に入って――所属は陸軍突撃隊――除隊になった。名誉除隊。それを境に公的記録から消えてる。１２０も送っておいた。彼らが徹底的に探してくれる」

強化型顔認識検索では、通常の倍の百二十の特徴点を使って照合を行う。〝彼ら〟というのはおそらく、何らかのセキュリティ機関を指しているのだろう。

マックが言った。「次。二つ目の質問。ブラクストン、女性。何も出てこない。情報が少なすぎる。もう少し調べてみてもいいけど、人手がかかる」

「調査を続けてくれ。必要な経費は法人口座から引き出してくれていい」

「了解」

電話を切った。

コルターはダイニングのベンチでくつろいだ姿勢を取った。またサッポロ・ビールを一口飲む。

いったいどういうことなんだ？

古い請求書の束――重要書類はいつもこの束にまぎれこませておく――から、ユージーン・ヤング教授が父に送った手紙を抜き出した。電力会社の封筒に入れて封をし直してあった。

アッシュへ

気がかりな知らせがある。ブラクストンが生きている！　北に向かったようだ。どうか用心してくれ。きみがすべてをどこに隠したか、その鍵は例の封筒のなかにあるとみなに伝えておいた。

あれは三階の22－Rに隠してある。

かならず切り抜けられるだろう、アッシュ。神のご加護を

ユージーン

カリフォルニア大学の二人の教授、ショウの父とユージーン・ヤングは、どこの誰だかわからない〝みな〟とともに、危険な何かに関与していた。ネズミ男たちはアシュトンを生かしておこうとした。しかしブラクストン側はアシュトンを――おそらくほかのメンバーも――消そうとした。ただし、その前に封筒を手に入れなくてはならなかった。あの紙の束は、父がどこかに隠した何かにつながる鍵なのだ。といっても、ショウはノートを開き、エルサルバドル料理店で書きつけたメモを読み返した。ごくわずかな情報しかない。角が折られていたページの番号が控えてあるだけだった。

37、63、118、255。

そのページに何が書かれていたか、あのときはそれも一緒にメモしておこうとまでは

思わなかった。何だったろう――『ニューヨーク・タイムズ』の記事、父が書いたとりとめのない評論……たしか地図もなかったか？

数字をにらみつけ、記憶の糸をたぐった。

次の瞬間、閃いた。この数字はどこかで見たことがある。どこで見た？

コルター・ショウはふいに背を伸ばして座り直した。まさか――？

37、63、118、255……

立ち上がり、コンパウンドの地図を出した。ラドンナ・スタンディッシュがながめていた地図、帰省したら登る予定でいた崖をショウが指し示した地図。

折りたたんであった地図を広げ、指で左端をたどった。次に上端をたどる。経度と緯度。

北緯37度63分、西経118度255分。それはコンパウンドのちょうど真ん中の地点だった。

真ん中というだけではない。洞窟や森に囲まれたやまびこ山のあたりを示している。

めったに笑わない男の顔にいま、笑みが浮かんだ。

父はそこに何かを隠したのだ。何か重大なもの、命を犠牲にする価値のあるもの。そして、隠し場所――やまびこ山の洞窟――につながる鍵として、あの封筒を残した。

大きな洞窟にはクマが、小さな洞窟にはヘビがいるだろう……

経緯度は、どこか一点を指さしているわけではなかった。秒以下の数字がわからなくては、郊外の町一つ分ほどの範囲までしか絞りこめない。たとえネズミ男とその仲間が数字の意味に気づいたとしても——おそらく気づいていない——アシュトンが隠したものを見つけるのはまず無理だ。だが、ショウにはできる。ショウは父の思考の癖、父の行動のパターンを知っている。父の頭脳の優秀さを知っている。

プリペイド携帯で経緯度の写真を撮り、画像を暗号化してマックと元FBI捜査官の友人トム・ペッパーに送信し、万が一に備えて預かっておいてくれと伝えた。

それから経緯度を書いたページを破り取り、シンクで水に浸し、どろどろになるまで溶かした。

いったい何を隠したんだ、アシュトン？　これはいったいどういうことなんだ？

コルト・パイソンをジャケットのポケットに忍ばせ、新しいビールを冷蔵庫から取り、それを片手に、もう一方にはピーナッツの袋を持って外に出た。今朝のOK牧場の決闘じみた騒ぎに興味津々の隣人たちとの会話につかまりたくない。そこでローンチェアを持って車の陰に回り、そこに椅子を置いて腰を下ろした。

そのローンチェアはショウのお気に入りだった。茶と黄の細いビニールテープを編んだ座面は、不思議と座り心地がいい。RVパークのこの一角は美しい風景に面している。ゆるやかにうねる芝生、眠らない街シリコンヴァレーをくねくねと流れる小さな川。ショウは靴を脱いだ。芝生はスポンジのように柔らかい。川のせせらぎは眠気を誘うようで、風はユーカリの香りを運んでいる。ネズミの顔と美しいイタリア製の銃を持つ頓《とん》狂《きょう》な男に人生と手足の自由を奪うと脅された直後でなければ、寝袋を持ち出してきてここで眠りたいくらいだ。森のなかで夕暮れから夜明けまで過ごし、ささくれ立った五感を鎮めたい。あるいは、オフロードバイクにまたがって全開で飛ばすのでもいい。ロープ一本を頼りに地上百五十メートルの絶壁にとりつくのもいいだろう。どれも常軌を逸した行為かもしれないが、コルター・ショウにとってはここ一番の必需品だ。

ビールを半分飲み、ピーナッツを十三粒食べたころ、電話が鳴り出した。

「やあ、テディ」ショウは言った。「こんな遅くにどうした?」

「ヴェルマの目が冴えちまったみたいでね。アルゴがおまえ向きの仕事を見つけたらしい」

「こんばんは、コルター」

ショウはヴェルマに言った。「来月あたり、フランク・マリナーから小切手が届くと思う」

「小切手《チェックス》?」ヴェルマが言った。「複数形なの?　また分割払いにしたわけ?」

「彼ならちゃんと払ってくれるさ」

テディが言った。「こっちでもニュースになってたよ。妊娠した女性を救出したって。ついでに〝ゲーマー〟も捕まえたんだろう。しかし、マスコミってやつはしょうもないよな、何かっていうと幼稚なニックネームをつけたがる」

そのニックネームを考えたのはニュースキャスターではなく、結婚してピルグリムファーザーズの――それも有名な一人の――姓を名乗ることを選択した小柄な刑事なのだとは話さなかった。

「で、仕事って？」ショウは尋ねた。父が遺した書類そのものは人を欺くおとりだったとわかったいま、ベイエリアにとどまる理由はもはやない。

テディが訊く。「ワシントン州に行く気はあるか」

「場合によっては」

ヴェルマが言った。「ヘイトクライム。二人の少年がはしゃぎすぎて、シナゴーグ一カ所と黒人教会二カ所に鉤十字を落書きしたの。一つには放火までした。教会は無人じゃなかった。管理人と信徒伝道者は外に飛び出したところを撃たれた。信徒伝道者は軽傷ですんだけど、管理人は集中治療室。このまま意識が戻らないかもしれない。少年二人はトラックで逃走したきり、行方がわからない」

「懸賞金を出したのは？」

「それがね、コルター。おもしろいのはそこなのよ。二種類の懸賞金から好きなほうを選べるの。一つは五万ドル。これは州警察と地元警察が合同で設けた賞金。もう一つは九百ドル」

「九百万ドルの間違いではないよな」

「あら、冗談が上手ね、コルト」ヴェルマがからかうように言った。

ショウはビールを飲んだ。「九百ドルか。少年のどちらかの家族が必死でかき集めた額がそれだったんだな」

「家族は、その子は犯人じゃないと信じてる。町の全員がその子を犯人だと思ってるけど、パパとママとお姉ちゃんは、その子は巻きこまれて連れ去られたか、逃走車の運転手役を強要されたかのどちらかだろうと信じてるのよ。だから、警察や銃を持った市民に見つかる前にその子を保護してくれる人を探してるわけ」

「ほかにも何かあるんだろう」ショウは言った。

テディが言った。「ダルトン・クロウが興味を示してるって話が聞こえてきた。もちろん、五万ドルのほうに」

ダルトン・クロウは四十代の陰気で攻撃的な男だ。ミズーリ州で生まれ育ち、短期間だけ陸軍に勤務したあと、東海岸で警備会社を起業した。しかしショウと同じく一つところにじっとしていられない性格であることをようやく自覚し、警備会社はたたんだ。いまはフリーランスのセキュリティコンサルタントと傭兵を兼業している。そしてときおり、懸賞金のかかった捜索に乗り出してくる。ショウがそういった事情を知っているのは、ここ何年かのあいだに何度か言葉を交わしたことがあるからだ。交わしたのは言葉だけではなく、ショウの脚にいまも残る傷をつけたのは、クロウだった。

二人の職業倫理はかけ離れている。クロウが行方不明者の捜索に当たることはほとんどない。基本的に犯罪者や脱獄犯を追う。たとえ逃亡犯を撃って死なせたとしても、合法に所持している銃を使った正当防衛であれば、懸賞金は受け取れる。それがクロウが好んで採用するビジネスモデルだった。

「で、場所は？」

「小さな町。ギグハーバー。タコマの近く。興味があれば詳細を送るけど」

「頼む」検討して返事をすると伝え、二人に礼を言って電話を切った。

イヤフォンを耳に入れ、音楽アプリを起動して、アコースティック・ギタリストのトミー・エマニュエルのプレイリストを再生した。

ビールを一口。ピーナッツをひとつかみ。

二つの選択肢を行ったり来たりする。

ひとつはワシントン州タコマの九百ドルの懸賞金でヘイトクライムの容疑者の追跡。

いやいや違うぞ、と自分を戒めた。

事実を確かめる前に判断を下すべからず……

容疑者とされる少年二人は、宗教施設に落書きをし、男性二人を銃撃した。白人至上主義者の犯行かもしれない。三角関係のもつれ、あるいは肝試しということもありえるだろう。あるいはまた、罪を犯した少年が無実のもう一人を人質に取っているのかもしれないし、別の犯罪を装った委託殺人なのかもしれない。

つい最近、似たような事件を目の当たりにしたばかりではないか。

選択肢のもう一つ。やまびこ山で、秘密の宝探し。

よし。ギグハーバーか。それともやまびこ山か。

ショウはポケットを探って二十五セント硬貨を一枚取り出した。偉大な政治家の横顔と、風格あるハクトウワシが描かれた、美しい円盤。

指ではじいて空中に投げ上げた。回転する硬貨は球体となり、グーグル・ウェイを照らす街灯の青い光をちらちらと跳ね返した。

ショウは心のなかで宣言した。表が出たら、やまびこ山。裏ならギグハーバー。

銀色の円盤がローンチェアのかたわらの砂の浮いた芝生に落ちた。しかしコルター・ショウはどちらが出たか確かめることさえしなかった。硬貨を拾ってポケットに戻す。次にどこへ向かうかはもう決まっていた。これから決めなくてはならないのは、明日の朝の出発時刻と、目的地までの最短ルートだけだった。

（了）

著者あとがき

小説を書くのは、少なくとも私の場合、一人きりで完遂できる仕事ではない。たったいまあなたが読み終えたこの本を作るのに不可欠な役割を果たしてくれた方々のお名前をここに挙げて、感謝を捧げたい。マーク・タヴァーニ、トニー・デイヴィス、ダニエル・ディートリック、ジュリー・リース・ディーヴァー、ジェニファー・ドーラン、マデリン・ワーチョリック。大西洋の反対側から支援してくれた、ジュリア・ウィズダム、フィン・コットン、アン・オブライエン。そしていつもどおり、デボラ・シュナイダーに心の底から感謝を捧げる。

魅惑的なビデオゲーム業界についてより深く知りたい読者のために、参考文献を紹介しておく。トリスタン・ドノヴァン著*Replay: The History of Video Games*、フリント・ディリー、ジョン・ズーア・プラッテン共著*The Ultimate Guide to Video Game Writing and Design*、トルステン・クヴァント、レイチェル・コワート共著*The Video Game Debate*、リチャード・スタントン著*A Brief History of Video Games*、ダスティン・ハンセン著*Game On!: Video Game History from Pong and Pac-Man to Mario, Minecraft, and More*、ジェイソン・シュライアー著『血と汗とピクセル——大ヒットゲーム開発者たちの激戦記』、ブレイク・J・ハリス著『セガvs.任天堂――ゲームの未来を変えた覇権戦争』。ほかに、ウィリアム・ギブスン（〝サイバースペース〟という語を造った人物）とブルース・スターリングの共著『ディファレンス・エンジン』もお勧めしたい。一八五五年を舞台に、蒸気で駆動するコンピューターが登場する物語、歴史上の事実とフィクションを織り交ぜて描いた小説だ。

せっかくだからもう一冊。『ロードサイド・クロス』というスリラー小説も、ビデオゲームをテーマの一つとして取り上げている。登場する捜査官の一人は、酔狂なことに、ゲーム内のアバターのボディランゲージを解析して殺人犯のプロファイリングを試みたりまでしている。この小説の著者は、たしかディーヴァーとかいう男だ。

訳者あとがき

この『ネヴァー・ゲーム』は、〝懸賞金ハンター〟コルター・ショウを主人公とする新シリーズの第一作。

懸賞金ハンターとは耳慣れない言葉だが、賞金稼ぎ《バウンティハンター》ならきっと聞いたことがあるのでは？　逃亡犯や、専門業者が立て替えた保釈金を踏み倒して逃亡した被疑者を連れ戻し、成功報酬を受け取る人々のことで、州にもよるが、基本的に免許制となっている。

懸賞金ハンターも人捜しが専門であるのは同じだが、対象はより広い意味での行方不明者で、事件性の有無は関係ない。迷子の子供や認知症のおじいちゃんを捜すこともあれば、まれに逃亡犯を捜すこともある。居場所の特定に結びつく情報の入手を目指すが、連れ戻すことまではしない。報酬は行方不明者の家族らが出す懸賞金だ。

今作で描かれる連続事件の発端となるのは十九歳の女子学生ソフィー。シリコンヴァレーのカフェに立ち寄って以降の消息がわからなくなっている。事故にでも遭ったのか。事件に巻きこまれたのか。ショウは誘拐の可能性も検討するが、身代金の要求はない。

まもなく、彼女の失踪はある配信ゲームに関連していることが判明し、ショウはそこからシリコンヴァレーのゲーム業界の深層へ分け入っていくことになる。

今作で初めて紹介されるコルター・ショウは、別シリーズの主人公リンカーン・ライムとはまさに好対照。ライムはニューヨークの自宅から原則として動かない完全なインドア派だが、対するショウは、フロリダ州にある自宅にはめったに帰らず、キャンピングカーでアメリカ中を旅しながら行方不明事件の謎解きに挑み続けている。趣味はロッククライミングとオフロードバイク。〝サバイバリスト〟だった父親から、何があろうと独力で生き延びるための術をひととおり叩きこまれた。それが懸賞金ハンターの仕事にも大いに役立っている。

過去の作品で『攻殻機動隊』や『デスノート』に言及したり、料理のシーンで使う包丁といえば貝印だったりと、以前から日本文化に親しみを感じてくれているらしいディーヴァーは、今回も巻頭の題辞に任天堂のゲームプロデューサー宮本茂の言葉を引用し、作中でももちろん日本のゲーム事情に触れている。その流れで登場人物の一人が任天堂の社名の由来をいろいろと紹介するのだが、日本人からするとちょっと反応に困ってしまうような説が一つ出てくる。映画などの影響から生じて美化された誤解と思われ、日本文化を貶《おとし》める意図などがないことは明らかなので、原文どおりに訳出したことをお断りしておきたい。

この『ネヴァー・ゲーム』で始まったコルター・ショウ・シリーズは、『魔の山』『ファイナル・ツイスト』で初期三部作がいったん完結。その後、二〇二三年に第四作となる最新刊『ハンティング・タイム』の邦訳が刊行されている。今後も末永く続いていくシリーズになりそうだ。

また二〇二三年秋には、もう一つの人気シリーズ、リンカーン・ライムの最新作 *The Watchmaker's Hand* の刊行が予定されている。タイトルのとおり、久しぶりにあのウォッチメイカーが登場するようで、二人の〝最後の対決〟という前情報もあるが、果たして本当にこれが最後になるのか――?

さらに、アマゾン限定で配信された短編を六本集めた作品集の邦訳も、二〇二五年の刊行予定に入っている。

そして再三お知らせしてきたショウ・シリーズのTVドラマだが、アメリカではCBSテレビで二〇二三〜二四年シーズンに放送されると正式に発表された。日本で視聴できる形で配信されるかどうかは現時点ではわからないが、期待して朗報を待ちたい。

解　説　ゲーム制作者から見たジェフリー・ディーヴァー

鈴木　理香

映画「ボーン・コレクター」（2000年公開）で四肢麻痺となった天才科学捜査官リンカーン・ライムと原作者であるディーヴァーの存在を知った私が、最初に彼の単行本を読んだのはそれから数年後、2007年刊行のライムシリーズ『ウォッチメイカー』でした。

当時の私は、元刑事のセールスマンが主人公で1980年のロサンゼルスを舞台にしたミステリーアドベンチャーゲームの開発中。息抜きに出かけた書店の店頭でふと手に取った一冊がその本でした。そのときは開発が佳境で長い小説を読む時間はなかったのですが、タイトルが気に入って、ずっしりと重たい単行本を持ち帰った記憶があります。

結局、読み始めたのはゲームのマスターが上がってから。故・児玉清《こだまきよし》さんによる文庫版の熱い解説そのままに、ディーヴァーが創り出す登場人物の見事な造形、強力なプロット、巧みなクリフハンガー、斬新な謎の見せ方に魅了されながら読み終えました。

読後、最初に思ったのは、ディーヴァーはこの一冊を書くためにいったいどれほどの設定資料を用意したのだろうかということ。私自身、ストーリー性の高いアドベンチャーゲームの制作に長年、携わっていることもあり、その時から私は彼のアウトラインの作り方に強い興味を持っています。

ディーヴァーの作品の特徴として、事件は比較的短期間で発生し、物語は3、4日間の出来事が描かれ、結末はサプライズに次ぐサプライズ、さらにサプライズと、まるで魔術師のように繰り出されるどんでん返しが続く構造があります。

作品はどれも徹底したディティールで描かれており、物語の密度はとても濃くボリュームも多いのですが、その物語をリンカーン・ライムやキャサリン・ダンスのような天才的能力を持った主人公たちが強く引っ張っていってくれるので、主人公と異常な犯罪を仕掛けてくる犯人たちとの知能戦を最後まで飽きることなく読み進めることができます。

また彼の作品は多くがシリーズものになっていますので、お気に入りの登場人物たちの成長や変化、関係性なども楽しむことができ、その作品世界にどっぷりと浸れる醍醐《だいご》味《み》も大きな魅力です。

こういった彼の作品の特徴は、ゲーム制作における世界観構築、レベルデザイン、キャラクターデザイン、マップ設定などのクリエイティブにも通じるものが支えていると感じています。

ディーヴァーはひとつの作品に約8カ月の時間を費やしてアウトラインを作り込むとインタビューで答えています。当然だと思います。きっと彼の複雑でロジカルな物語のアウトラインは、間違いなくゲーム開発の仕様書のように細かなイベントが設定され、それをどんな条件でどう繋ぐのかを練り込んだフローで構成されていると想像していましたから。

ディーヴァーの作品は映像化向きの印象がありますが、その構造からゲーム化も可能だと思います。ただし、彼の作品をゲーム化するには、余計なアクションなど無理に入れる必要はないと思いますが、彼のシナリオをインタラクティブに遊べるようにするための多大なストーリー分岐、その世界観を再現するための上質なビジュアルと演出、謎解きのリアル感を醸し出すストーリーに沿ったミニゲームは必須でしょうから、かなりの予算が必要になるとは予想します。

今作『ネヴァー・ゲーム』には、ディーヴァーが創り出した新たな主人公「コルター・ショウ」が登場します。ディーヴァーの新シリーズを見落とすわけにはいきませんし、なによりタイトルの「ゲーム」という言葉が自分と繋がっているような気がして、興味深く読み進めました。

コルター・ショウの職業は「懸賞金ハンター」。彼は懸賞金のかかった人探しを生業としていますが、私立探偵でもなく捜査機関にも所属しておらず、賞金稼ぎではないというところに彼のポリシーが見えます。

シエラネヴァダにある広大な土地で、学者であり、預言者であり、サバイバリストである伝説的な父親から特殊な家庭教育を受けて育ち、その生い立ちは彼に特別な能力を与えることになります。それは父親から叩き込まれた「サバイバル技術」と、生き延びるために得た天性の「分析能力」。ショウはその二つの能力を駆使して、捜査権も持たず、たったひとりで姿を消してしまった人間をどこまでも「追跡」していくのです。

ひとつところに留まるのが苦手でキャンピングカーにバイクを積んでどこへでも移動し、クールで知的、彼を取り巻く人間関係はどこか謎めいており、孤独で危険な香りがするショウという男の人物設定は、安楽椅子型の天才リンカーン・ライムとは全く対極。まるで冒険小説の主人公のようにタフで行動的なこの主人公は、ディーヴァーの人物造形の新しい引き出しを見せてくれるキャラクターです。

ディーヴァーはそんなワイルドな主人公ショウの最初の活躍の舞台に、彼のフィールドとは真反対のデジタルなシリコンヴァレーとゲームという電子的空間を用意しました。

このミステリーはショウが沈んでいく船内の女性を救出するという緊張感あふれるシ

ーンからスタートします。そのシーンは時間軸上、実は物語のラストのイベント。物語はそこに至る3日間を見守る構成になっていて、冒頭のショウの救出が成功したのかという謎は最終章で語られるというドラマティックな展開で進んでいきます。

事件はIT企業が集積したシリコンヴァレーで発生します。カフェを出たあと、忽然と姿を消した女子大学生ソフィー・マリナー。彼女の父親が懸けた1万ドルを手に入れるためにコルター・ショウが登場します。

これといった手掛かりのない状況の中、ショウは父の教えをもとに、彼独自の「追跡」で少女を捜します。その方法は持ち前の優れた「分析能力」を使って、発生し得るすべての事態について確率を見積り、そしてもっとも確率の高いものから検討して最適な計画を立案し、それを「サバイバル技術」を使い実行し、真実を突き詰めていく独自のやり方。

例えば、草の斜面が乱れた跡から血の付いた石を見つけ、そこから被害者の落とした携帯電話にたどり着くように、ショウは手掛かりから手掛かりを見つけ出し、そこから更にまた次の手掛かりを見つけ、目的とするものがどこにあるかの推測を立て、追いかけている相手の心理を思い描いて何が起きたかを追跡していくのですが、それはまるで謎解きゲームを実況で見ているような面白さです。

ご存知のようにビデオゲームの枠組みはシステマティックなもの。プレイヤーはプレイすることで本のページをめくるように、ゲームの物語を開放していくのですが、その物語が流れていく裏で動くのはデジタルな数字。プログラムはプレイヤーの入力を分析して次のシーンのデータを画面に構築し、それをルールに沿ってプレイヤーに提供していきます。

ゲームがプログラムで組まれたルールに沿って進むように、この物語の主人公ショウは事件と自分の間に確率を示すという自分のルールで次の行動を進めていきます。確率を示し、「起こる事件」＝「イベント」に対応するコルター・ショウの姿がゲームに向かっていくプレイヤーに見えるのはそのせいなのでしょう。

読者はショウの見事なプレイ動画を鑑賞して、そこで得られる感情や感動をショウと共有するギャラリーに例えることもできそうです。その場合もし叶うなら、このゲーム実況の解説はぜひディーヴァーのナレーションでお願いしたいところです。

今作でディーヴァーは、このショウの謎解きパートを存分に描いており、ドラマとほぼ同じ比重で登場させています。きっとこの謎解きの面白さはディーヴァー自身、かなり気に入っていたのではと想像しています。

物語は最初の事件が終わったのもつかの間、すぐにまた一人が、さらにまた一人が行方不明となり、事件は複雑な様相を見せてきます。ショウはカフェで会った赤毛のマディーの導きで国際C3ゲームショーに参加、事件の背後にはビデオゲームが絡んでいることを知ります。

この物語はゲーム業界の背景ストーリーが細かくリアルに描写されているのも魅力です。国際C3ゲームショーは、毎年ロサンゼルスで開催されるE3(Electronic Entertainment Expo)という実際のゲームの見本市がモデルになっていて、その会場風景の描写には、私自身かつて毎年のように会場に足を運んでいた頃の熱い盛り上がりが思い出されました。コロナ禍以降のオンライン化を経て、様変わりしてきた各国のゲーム見本市ですが、こういうリアルな設定はゲーム業界で働く者にも納得の演出です。

物語の後半は、時にコルターを付け回す男にミスリードされながらも、事件の真実に迫っていくショウが被害者を助けるために一分一秒を急ぐ緊迫する展開が続き、ついに被害者を誘拐して監禁し、無残な死の罠にはめる犯人の姿が見えてきます。

ショウはここで新たに登場する地元警察の刑事ラドンナ・スタンディッシュと協力して事件に取り組むことになります。ラドンナはとてもユニークな女性で、捜査権を持たないショウにとって頼りがいのある存在となっていき、被害者を生きているうちに見つけ出そうとするショウの奔走は加速します。いったいこの事件の黒幕は誰で、何を達成しようとしているのか？

ショウとラドンナは捜査を進めるほどに、シリコンヴァレーのゲーム業界の闇に深く入り込んでいきます。ここで熾烈な競争が繰り広げられるゲーム業界、仮想世界にのめり込む人々の奇怪ともいえる姿が描かれ、ショウは連続誘拐事件と思われた一連の事件の中には、殺害ターゲットを隠すために仕掛けられた目くらましがあることに気づくのです。

正直、このあたりの物語のモチーフはややステレオタイプであると思うのですが、でもディーヴァーのさすがの構成力は、読者が錯綜する情報に振り回されることなく、犯人とショウとの知能戦を楽しめる物語の流れを作り出し、一気に最後まで物語を読ませてくれます。ゲームに興味を持っている読者はより興味深くこの展開を楽しめることでしょう。

また、事件を追う物語の流れの中で、ディーヴァーはコルター・ショウの背景もしっかりと読者に伝えてくれます。

コルター・ショウの父アシュトンは広大な荒野の土地を購入し、そこで自然や人間からどんなことをされても生きていけるように3人の子供たちを育てたこと、その後、二男のコルターは大学に進学して外の世界を知るものの、結局は安定した仕事に落ち着くことなく「懸賞金ハンター」として身を立てる人生を選んだことなどもわかってきます。

　父アシュトンの生きざまを知ることは、物語の底辺に流れる父の死の謎に関わる大切な伏線であることは間違いなく、読者はそれをきっかけに本作ではまだ明かされてないショウの家族や関係者たちの秘密にも思いを馳《は》せることができ、事件解決以外の部分で、ディーヴァーはこのシリーズにおいて「家族の愛」という普遍的なテーマを読み取らせようとするサジェスチョンを作り出します。

　それからディーヴァーは主人公ショウ本人についても、実はなかなかの美食家であったり、コーヒーはエルサルバドルの豆を好むというこだわりを持たせたり、クールに確率を計算するときにイライラする癖もつけたりと、親しみやすい人間的な魅力も設定していて、そんな彼の今後の活躍を期待させる情報を読者に与えてくれています。

　こういう作品世界の広げ方の巧みさが随所に出ているのが、ディーヴァーらしいサービス精神の魅力。私はそういう彼の作風が好きです。


　最後に。

　犯人はいったい、誰なのか。それは本編を読んでいただくとして、ディーヴァーは事件解決の過程だけでなく、その動機に世相を先取り反映してテーマを伝えてくれる作者だったことがよくわかる結末でした。

今作でディーヴァーは、コルター・ショウという新たなヒーローとの大きな出会いと、彼と共にミステリーの世界をプレイする喜びを提供してくれます。

物語の仕掛けや謎の作り方を暴こうとしてみても、決して読み切れないストーリーを提示してくるのがジェフリー・ディーヴァーという作家。どうぞ彼が創り出した新たなシリーズを存分に堪能して、気持ちよいミステリーの余韻に浸ってみてください。

（ゲーム・クリエイター）

本書は、二〇二〇年九月に文藝春秋より刊行された単行本を
文庫化にあたり二分冊としたものです。

文春文庫

ネヴァー・ゲーム　下

定価はカバーに
表示してあります

2023年11月10日　第1刷

著　者　ジェフリー・ディーヴァー
訳　者　池《いけ》田《だ》真《ま》紀《き》子《こ》
発行者　大沼貴之
発行所　株式会社　文藝春秋

東京都千代田区紀尾井町 3-23　〒102-8008
TEL 03・3265・1211㈹
文藝春秋ホームページ　http://www.bunshun.co.jp

落丁、乱丁本は、お手数ですが小社製作部宛お送り下さい。送料小社負担でお取替致します。

印刷製本・TOPPAN

Printed in Japan
ISBN978-4-16-792135-4